Sara

Sergio Ramírez

Sara

Sara

Primera edición: abril de 2015

D. R. © 2015, Sergio Ramírez

D. R. © Diseño: Proyecto de Enric Satué
D. R. © Marc Chagall, VEGAP, Madrid, 2014-Chagall®, por la imagen de la cubierta

D. R. © 2015, de la presente edición en castellano para todo el mundo:
    Penguin Random House Grupo Editorial, S. A. de C. V.
    Blvd. Miguel de Cervantes Saavedra núm. 301, 1er piso,
    colonia Granada, delegación Miguel Hidalgo, C. P. 11520,
    México, D. F.

www.megustaleer.com.mx

Comentarios sobre la edición y el contenido de este libro a:
megustaleer@penguinrandomhouse.com

ISBN 978-607-113-694-7

Impreso en México / *Printed in Mexico*

A Nélida Piñon

Entonces dijo Sara: «Me ha hecho reír Dios, y cuantos lo sepan reirán conmigo».

Génesis, 21:1-6

No podrás ver mi rostro; porque no me verá hombre, y vivirá.

Éxodo, 33:20

Uno

Allí están otra vez, dijo Sara con disgusto, antes de llevarse el cuenco de leche a los labios. Agobiados por el calor del mediodía habían buscado la sombra de la encina más próxima a la tienda, y Abraham, que raspaba con un pedernal los restos de carne y pellejos de un cuero de oveja antes de ponerlo a secar sobre las piedras que cercaban el corral, alzó la mirada hacia la suave duna ardida por el crudo sol del desierto. La luz cegadora era blanca en toda la extensión del cielo sin nubes. Las tres figuras reverberaban y parecían más bien retroceder que acercarse. Se apoyaban a cada paso en sus cayados y hundían las sandalias en la arena que relumbraba como cristal molido.

No vamos a negarles la hospitalidad que debemos a cualquier forastero, dijo Abraham, dejando a un lado el pedernal y el pellejo. Su voz quería sonar severa pero las palabras flaqueaban en su garganta. Nada de forasteros, ya sabes quiénes son, los mismos de hace tres días cuando vinieron con esa orden de que todos los varones debían sajarse allí abajo, algo que sólo a ti no te parece insensato, respondió Sara, y apuró lo que quedaba de leche en el cuenco. Si son los mismos, con mucha mayor razón, alegó Abraham. La razón que siempre les das, así te traigan dolor, anoche no dormiste del dolor de la herida. Ya no me duele, respondió sin convicción. Tenía la costumbre de espantar de su cara una mosca invisible, como acababa de hacerlo ahora.

La herida se le había infectado, y llevaba los genitales envueltos en un cataplasma de hojas de higuera maceradas con granos de mostaza que Agar le había preparado, y aun así sentía una honda punzada desde las ingles hasta las rodillas a cada paso que daba. Herirse con la propia mano el miembro muerto, vaya desquicio, dijo Sara con sorna. Por algo será que me lo ordenó, respondió Abraham, ahora de mal genio, yo no soy quién para desentrañar sus mandamientos; y tras limpiarse las manos restregándolas en los costados de la túnica, fue a situarse en el portal para dar la bienvenida a los viajeros.

Ahora se le ha ocurrido al Mago ser tres, dijo Sara. El encono hacía que la leche empezara a agriarse en su estómago. Abraham ya no la oía, pero ella siguió desahogándose sin comedimiento: sean tres, o dos, o uno solo, son los enviados del Mago. O es el propio Mago. ¿Cuál será la idea de este juego? ¿Y por qué lo juega con nosotros? Ya he perdido la cuenta de los años que seguimos en lo mismo.

Al tenerlos cerca, Sara vio que se trataba de unos adolescentes delicados, que ni siquiera tenían asomo de bozo, largas las cabelleras sueltas sobre los hombros, y los ojos de cervatillo, vestidos con túnicas de seda a la rodilla, rematadas con una orla dorada, sus piernas sin vello, como depiladas con cera de abejas, y las correas de sus sandalias, también doradas, trenzadas en los tobillos. Si fuera por sus rostros y cabelleras se les podría tomar por muchachas idénticas, copiadas del mismo molde. La verdad es que eran hermosos y apetecibles. Se ruborizó, porque sintió que algo parecido al deseo bullía dentro de ella bajando por su vientre. No eran pensamientos propios de una mujer vieja. ¿Vieja de setenta años, madura en sus cuarenta? Hay versiones de versiones.

A veces, aquellos emisarios se presentaban como pastores, las barbas enmarañadas y los turbantes sucios, con túnicas de pelo de cabra. Pastores sin rebaño. Así había ocurrido la última vez, cuando llegaron con la orden de que todos los varones del campamento debían recortarse el prepucio. En esa ocasión fueron dos. Otras eran mendigos que apestaban a orines, o mercaderes de países lejanos, de modales groseros, que tiraban los huesos tras roerlos, sin fijarse dónde. Mancebos, pastores, mercaderes, mendigos, beduinos. De cualquier manera que se disfrazaran, cualquiera que fuera su apariencia, eran los mismos. Sólo variaban de aspecto, o se multiplicaban, o se reducían en número. El Mago moldeaba según su gana aquellas figuras que lo sabían todo sobre el destino y sobre la muerte.

El Mago con quien se las tenían que ver no era un mago cualquiera. En primer lugar, era dueño del don de la invisibilidad cuando no jugaba a disfrazarse. Hablaba desde la nada, desde el aire candente. Sólo Abraham podía escucharlo. Ella se daba cuenta de que estaba allí, porque de pronto veía caer al esposo de rodillas, haciendo la faena que estuviera haciendo, y entonces susurraba, los labios moviéndose apenas entre la barba enmarañada, lleno de sometimiento y de respeto, la cabeza abatida. Hablando solo, como alguien que ha perdido el juicio. A veces gesticulaba, a veces se quedaba contrito. Y al regresar a la tienda se encerraba en un silencio hosco del que costaba sacarlo aun con las palabras más zalameras.

Otras veces, el Mago esperaba a que estuviera dormido para entrar en sus sueños. Lo oía balbucear incoherencias, agitarse en el lecho, y era que el otro ya estaba metido dentro de su cabeza. Y cada vez, cualquiera que fuera la forma en que apareciera, era para hacer anuncios funestos, transmitir órdenes e imposiciones que costaba entender, pero que Abraham cumplía al pie de la letra, porque desde el principio, mucho tiempo atrás, le había endulzado el oído asegurándole que era su elegido, que tendría riquezas tan abundantes como abundante sería su descendencia si le obedecía a ciegas. Y así lo iba llevando a través de los años, cargado de vanas esperanzas. Riquezas le concedía algunas veces, pero poco le duraban, como si lo que le daba con una mano no tardara en quitárselo con la otra. Y en cuanto a descendencia, un hijo bastardo, el hijo de Agar. ¿Pensaba el Mago que Abraham fundaría el linaje que tanto le prometía a partir del vientre de una esclava?

¿Cuál era entonces su verdadero juego? Por sí, o por sus enviados, había dado siempre a entender que la simiente de su marido sería fecunda en ella misma, y que sería a partir suyo que el mundo se poblaría de descendientes tan numerosos como las estrellas del cielo y las arenas del mar. Y ahora, era Agar quien había dado a luz al heredero, el único, mientras tanto ella seguía siendo estéril, a pesar de las pociones de los herbolarios de Sodoma, a pesar de sahumerios, a pesar de todas las artes y ardides que le habían enseñado en Egipto: ajustar las noches de ayuntamiento a las fases de luna llena, hacer que Abraham se remojara sus partes en asientos de leche de cabra antes de llegarse a su lecho, lograr que se quedara dentro de ella largo tiempo después de haberse aliviado, aunque gruñera con fastidio, apresado por su abrazo.

Se había vuelto potestad del Mago darle hijos o no. Era su prisionera. Y si guardaba en su corazón un sentimiento tan hostil para con aquellos hombres que los visitaban sin previo aviso, era porque además de engañada, y postergada, se sentía excluida. Jamás le dirigían la palabra, ni cuando les servía de beber y de comer, ni siquiera para decir gracias, y nunca se despedían. Delante de sus ojos, ella no existía.

El propio Mago, frente a quien Abraham doblaba las rodillas al no más escuchar su voz, como si un puño le golpeara la cerviz, tampoco la determinaba. Jamás le hablaba, jamás le pedía conversación, ni entraba en sus sueños. Cuando al despertar sobresaltado a medianoche el marido se quejaba de sentir que lo abrasaba la sed, como si hubiera bebido demasiado vino, era suficiente para saber que el Mago había venido a visitarlo. Iba a buscarle agua fresca, y como ninguno de los dos podía conciliar de vuelta el sueño, ya en la penumbra del amanecer, a la hora en que empezaban a balar las ovejas, ella iba urdiendo una red de palabras en que atraparlo, y a veces él se atrevía a contarle, estupefacto, los prodigios que le habían sido comunicados: de pastor errante, dueño de un modesto hato de ovejas, a dueño de incontables cabezas de ganado, sementeras y labrantíos; y de marido desolado, sin un solo hijo que un día cerrara sus ojos en su lecho de muerte, a prolífico padre de naciones; o se mostraba afligido ante las órdenes recibidas, porque era asunto de hacer esto o aquello, ir de aquí para allá, levantar la tienda antes del amanecer, y partir hacia donde el dedo del Mago le indicaba, reinos hostiles, tierras inhóspitas, o tan lejanas como Egipto, más allá de las innumerables dunas del desierto.

Bastante experiencia tenía ella con aquellos engaños. El peor de ellos, Agar, su propia esclava, a quien había confiado durante mucho tiempo sus secretos, la única en verla desnuda cuando untaba su cuerpo con azabara, la que peinaba sus cabellos frente al espejo, cuando tuvo la dicha de ser dueña de un espejo, trenzándolos con lentitud suficiente para hilvanar entre ambas pláticas remorosas que desembocaban en risas libertinas, y luego, la rabia de verla paseando frente a sus ojos su barriga henchida, desdeñosa y burlona, atizando a la servidumbre en su contra, hasta que semejantes desplantes le hicieron sacar la ira de sus entrañas, como quien vomita bilis, y la expulsó de la tienda a gritos. Pero regresó bajo órdenes del Mago, que de nuevo la humillaba, y un amanecer, desbordada por la amargura, escuchó desde su lecho los berridos del bastardo.

No pocas veces se quedaba sin enterarse de los mensajes, transmitidos en la vela o en el sueño, porque el Mago imponía a Abraham el silencio. No participarás a nadie lo que ya sabes. ¿Ni a mi mujer? Ni a tu mujer. ¿Qué clase de marido es aquel que tiene secretos con su mujer hasta de lo que sueña? Ella le contaba los suyos, que eran generalmente tonterías. Que la cabra había parido crías de dos cabezas, que el encinar había ardido golpeado por un rayo. Que los habitantes de Sodoma se habían vuelto todos mudos, buscaban hablar, y desesperados daban con la cabeza contra los muros, porque nada más lograban emitir gruñidos, hasta que de pronto se llevaban la mano a la boca y sólo había allí una superficie lisa. O que estaba embarazada, y andaba por la tienda en cuatro patas, como una marrana, agobiada por el peso del vientre; concebir un hijo, parirlo, se había vuelto para ella una tontería que sólo ocurría en sus sueños.

El Mago le había declarado su enemistad, no sabía por qué. Jamás había tratado mal a sus emisarios, les servía con cortesía, pese a su comportamiento grosero, y era cuidadosa de guardarse toda su inconformidad muy adentro de sí misma. Unas veces lo sentía vibrar en el cielo ardiente como un murmullo seco de alas de insectos, y otras, un aliento cálido soplaba en su nuca, o una brizna de paja acariciaba el cuenco de su oreja, como si jugara al escondite, o quisiera asustarla en broma.

Entonces ella, primero mirando torpemente a todos lados, terminaba poniéndose los brazos en jarras, y decía sonriendo, a media voz, para no espantarlo: ya sé que estás ahí, es hora de que aclaremos las cosas entre nosotros dos, no puedes tener queja de mí, he cumplido todos tus mandatos, he seguido a este hombre torpe que es el mío dondequiera que lo envías, aunque se trate de los sitios más yermos y peligrosos, me he prostituido cuando él lo ha querido, seguramente porque tú lo has querido, lo he complacido entregando yo misma en sus brazos a mi esclava Agar, porque así pensé que te complacía a ti, y yo no tendré nunca un hijo porque no te da la gana, o porque se te olvida lo que prometes, aunque se supone que debes recordarlo todo, ¿o es que yo nunca he estado en tus planes? Siempre te has negado a hablarme. ¿Es porque no te parezco digna? Pero le hablaste a Agar, que es mi esclava, ¿ella sí te pareció digna no sólo de dirigirle la palabra, sino de que mi marido la preñara? ¿No es ésa la peor humillación que me has cargado sobre las espaldas? Y encima, cuando le ordené salir de mi casa porque se sentía ya dueña y señora y poco faltó para que fuera ella quien me expulsara a mí, la hiciste volver, entrometiéndote en mi vida, y también tuve que tragármelo. ¿Qué más quieres entonces de mí? Pero dímelo directamente, de modo que yo pueda escucharte y tú me escuches a mí. ¿Estás satisfecho de que yo sea tu rehén, sin precio para el rescate? ¿No puedo escapar de tu voluntad?

Lo mejor sería decirle: ¿no puedo escapar de tu capricho?, pero prefería morderse la lengua porque podría disgustarse, y vaya y se fueran a empeorar las cosas; aunque la verdad era que si había conocido a alguien caprichoso como el que más, era a él. Y tras aquel desahogo, que de todos modos nunca terminaba de aliviarla, sentía cómo se alejaba, desdeñoso, una presencia que la rozaba, provocándola, y luego se iba. El aire quedaba estremecido por su desdén, y podía suceder que en el pasto seco apilado en el pesebre de los asnos se alzara una llamarada que no tardaba en apagarse, o resonaba en el fondo del pozo una piedra dejada caer de manera despectiva, señal de que si bien la había escuchado, no pensaba darle otra respuesta.

A veces, antes de acostarse, usaba otro recurso. Mientras acariciaba los ijares de Abraham con un ir y venir de la mano, le pedía que durante el sueño intercediera por ella, dile que entre en mi cabeza aunque sea por una vez, tengo preguntas importantes que hacerle, y Abraham de mala gana accedía, sólo para darle la misma respuesta cuando despertaba quemándose de sed: le he transmitido tu mensaje, pero no dice ni sí ni no, es como que no me hubiera escuchado; y ahí terminaba todo. El menosprecio. Se hacía el desentendido, nunca se había visto soberbia semejante. Y cuando alguna vez llegara a levantar la veda y accediera a entrar en sus sueños, algo tan improbable, lo primero que estaba dispuesta a decirle era: déjanos en paz, ya es suficiente, búscate a otros, por qué nos persigues, no sigas con ese cuento de que un día voy a parir un hijo y que nuestra descendencia será incontable como las estrellas del cielo o las arenas del mar, nosotros ya estamos viejos, ya me cansa todo esto, y si es por mí, si es ése tu gusto y gana, que sea mi esclava la madre de pueblos y no yo.

Dos

Esto de viejos, aunque venga de labios de Sara, es un dicho de poco sustento. Si acabamos de oírselo, entendamos que es sólo una manera de pedir al Mago que la deje en paz. También se ha quejado de que se siente cansada, y ésa es una expresión que tampoco vamos a tomar al pie de la letra viniendo de una mujer enérgica que no se arredra ante ningún esfuerzo o tarea, y, perspicaz y aguda en sus juicios, tiene bien puesta la cabeza sobre los hombros.

Y es, además, hermosa, de carnes apetecibles, tanto que hay quienes escribieron que a su lado las demás mujeres parecían monos babuinos, y que ni los rigores del desierto ni los constantes viajes a que se veía sometida, andando de aquí para allá tras su marido, mermaron nunca su belleza, de la que el mismo Abraham a veces se olvidaba. ¡Sara, Sara, cuán injusta es mi memoria que me aparta de la majestad de tu hermosura!, dijo una vez, cuando yendo de camino se detuvieron para beber inclinados sobre una poza, y al ver el rostro de ella que temblaba reflejado en el agua, ardió de deseo.

Y sin querer abundar en acontecimientos que ya relataré adelante, no se explicaría de otra manera que Abraham hubiera podido meterla en la cama del Faraón cuando emigraron a Egipto, haciéndola pasar por su hermana, y luego que también la convirtiera en concubina de Abimelec, rey de Gerar. De manera que nadie vaya a pensar en una anciana desdentada y achacosa, de tetas magras y caídas, el vello del pubis ralo y encanecido, pues quién iba a quererla en su lecho, sobre todo tratándose de un lecho real, si ya se sabe que los poderosos de la tierra, reyes, emperadores y faraones, en esa materia escogen a su libre antojo y no se van nunca por lo peor y menos apetecible, como lo haría también, claro está, cualquier hijo de vecino; pero ése es otro cantar.

Y tampoco podemos pensar en Abraham como un anciano decrépito, si sólo era un tanto mayor que ella. Que Sara hable despectivamente del miembro muerto de su marido, como la hemos oído rezongar porque aceptó rebanarse el prepucio, es algo que debe ser atribuido más bien a la ofuscación causada por la inconformidad que siempre la está soliviantando, pues ya sabemos que entra el uno en la otra con no poca frecuencia, buscando ella con empeño la preñez, sobre todo ahora que Agar le lleva la delantera; y quiéralo o no el Mago, hace la fuerza de quedarse encinta por cuenta de su proverbial obstinación.

En esto de calcular las edades, no hay que perder de vista que fue en aquellos mismos tiempos cuando a la vez se empezó a aprender a contar y a escribir. Una vaca dibujada con punzón en una teja de arcilla quería decir una vaca, un óvalo, rayas por patas, cuernos y cola. Dos vacas contempladas en un pastizal por el contador escriba eran dos vacas, tres becerros en un establo eran tres becerros;

pero cuando se trató de cuentas mayores, un hato de ganado de cien cabezas, una distancia de doscientos codos, trescientas cargas de trigo, quién quita y no se aturdían los escribas contadores, y qué decir cuando se trataba de años y edades, mucho más enredo, el rey Alulim reinó en Eridú 28.800 años, el rey Alalgar 36.000 años, y dos reyes que no se nombran reinaron 64.000 años, así quedó consignado por el filo del punzón.

Y antes del diluvio universal los descendientes de Adán vivieron, según cuentas semejantes, cerca de un milenio, pongamos por caso al propio Adán, 930 años, su hijo Set, 912 años, y su nieto Enós, 905 años. De modo que cuando leemos que el término de la vida de Abraham fue de 175 años, y el de Sara 127 años, vemos que aunque siempre erraban los amanuenses, en algo rebajaban ya sus exageraciones.

La había desposado Abraham un año después de haberle bajado aquel humor viscoso entre las piernas, y se dio cuenta que era sangre cuando advirtió el lento gotear que manchaba sus sandalias, una sangre del color del lodo batido de las alfarerías. Escogerla como mujer de Abraham a ella, criada de la casa, fue una disposición que Taré, su suegro viudo, siempre imperioso, tomó antes de cargar las acémilas para salir de manera intempestiva de Ur hacia Harán, adonde se trasladaba con toda la familia.

Rubicundo y glotón, tanto que perenne parecía tener una aureola de grasa en los labios y la barbilla, Taré era el abastecedor de las ofrendas, cabritos, becerros, tórtolas y palominos destinados al sacrificio delante de la estatua de terracota de Sin, el dios luna, dispensador de las cosechas, las lluvias y las sequías, de las mareas y los ciclos menstruales de las mujeres, un ídolo desnudo que a pesar de sus groseros rasgos masculinos enseñaba una vulva debajo del vientre hinchado. Taré tenía sus corrales y sus jaulas en el atrio del templo consagrado al dios, por permiso del alto sacerdote con quien compartía las ganancias.

Aun antes de su partida apresurada, venía pensando que no debía tardar más en darle mujer a Abraham para ver si sentaba cabeza, un muchacho distraído e indeciso, tan medroso que empalidecía al sólo escuchar la voz siempre airada de su padre, y que por falta de ingenio no había pasado más allá del oficio que aquél le había dado desde los trece años, despiojar y alimentar las aves en venta, y limpiar los excrementos de las jaulas; y lo que más sacaba de quicio a Taré era verlo orinar con toda despreocupación encima de los montículos de cagajones que se secaban al sol en los corrales, paseando de uno a otro lado el chorro, sin importarle las miradas de los fieles, un chorro punitivo, como si orinara sobre la cabeza de su propio padre.

Otro de sus hijos lo acompañaría en el viaje, Nacor, tres años mayor que Abraham, y ése sí gozaba de toda su confianza por industrioso y cumplido. Manejaba otra rama del negocio familiar que consistía en la fabricación de ídolos de piedra y arcilla de todo tamaño, que se vendían en la puerta de los Alfareros, un negocio floreciente por cuanto había multitud de dioses, uno para cada necesidad, verbo y gracia, enfermedades del hígado y del vien-

tre, ictericia, pústulas y escrófulas; la suerte en los
viajes lejanos y en la compra y venta de yeguas y
potrillos, las conquistas amorosas y los matrimo-
nios con ventaja; y uno, pequeño y narigudo, sólo
el miembro viril más grande que la nariz, al que las
mujeres que se consumían sin pretendiente suplica-
ban conseguirles un marido.

No se largaba Taré tan de prisa porque quisiera simplemente cambiar de aires, aquejado de
una fluxión crónica en el pecho, según proclamó,
sino porque había venido tomando bastante más
de lo que correspondía a su parte en el negocio de
las ofrendas, y el sacerdote mayor iba pronto a des-
cubrirlo, sus auditores puestos ya a la tarea de ar-
quear las cuentas. Y andaba en el apuro de ver que
las ataduras de los bultos estuvieran bien anudadas,
que los odres estuvieran colmados de agua, y que
las acémilas hubieran comido suficiente pienso,
cuando en una de sus vueltas llamó a Sara, y le notificó su voluntad de casarla con Abraham antes
de la partida al amparo de la alta noche, así y asá
he decidido, como si fuera asunto de que aún le
faltara una atadura por anudar, y de inmediato la
despidió con un gesto apresurado de la mano, como quien espanta un tábano.

Y se celebró la boda a la carrera, sin miramientos para la novia. Casada de manera tan furti-
va, como si también fuera una delincuente per-
seguida por estafa, sin vestiduras nupciales, ni
guirnalda, ni franjas de alheña en el rostro en prueba de su virginidad, sin procesión de teas de pino
por la calle, ni ofrendas, ni banquete con maestre-
sala, ni danzas con panderos y vihuelas. Era algo

que ella siempre echaba en falta, y por mucho que el tiempo pasara guardaba aquel rencor fermentado en su alma, ahora no sabía contra quién, porque su suegro había muerto hacía tiempo en Harán, víctima de una congestión causada por un grave disgusto recibido mientras comía, de lo que luego daré cuenta.

Nunca llegó a saber Taré que había sido ella quien, apenas enterada de la inminencia del viaje, y después de recibir la notificación de su boda, urdió que su nieto Lot los siguiera. Años atrás, Taré se había peleado a muerte con Arán, el mayor de sus tres hijos, a causa de la disputa por la propiedad de unos encinares, y lo había repudiado a él y a todos sus descendientes, entre ellos Lot, el primogénito, expulsándolos de la casa; y cuando Taré lo descubrió a medio camino, mientras aguaba una partida de acémilas, disfrazado de arriero, pese a su furia ya era tarde para hacerlo regresar.

Lot era un año menor que Sara, y habían crecido juntos en la casa de Taré. Un atardecer orinaba ella en cuclillas junto al seto de boj al fondo del patio, cuando se acercó Lot a sacar agua de la cisterna, y al verla, en lugar de turbarse, se sonrió. Ella tampoco mostró azoro. Lo miró a los ojos, siguió orinando, y fue como si los dos hubieran sellado de esta manera un pacto de amor. Luego de la ruptura entre padre e hijo se siguieron viendo a escondidas en las callejuelas del mercado del templo, cuando ella llevaba los alimentos del mediodía a Taré y a Abraham hasta el atrio, y en esas ocasiones se besaban furtivamente y hablaban de casarse algún día, o de huir. Ahora Lot, luego de ponerlo ella sobre aviso, le suplicó que lo dejara seguirla, aunque fuera ya una mujer casada, y no sólo consintió, sino que le dio instrucciones acerca de cómo debía hacerlo, confundiéndose entre los últimos de la caravana, los que conducían las recuas cargadas de vituallas.

Los padres de ella, sirvientes de la casa de Taré, habían cogido la lepra. La madre molía la harina, amasaba y horneaba el pan, y el padre cuidaba de las trojes de cebada y trigo. Taré los echó cuando el mal se hizo visible en sus cuerpos, pero conservó a Sara, que sólo escuchaba de cuando en cuando las noticias, por boca de los otros sirvientes, de que a aquellos dos desgraciados los apedreaban en las calles de Ur, con lo que siempre estaban huyendo de la gente, hasta que los ediles terminaron desterrándolos junto con otros leprosos, bajo prohibición de volver a trasponer los muros de la ciudad. El día antes de la expulsión, proclamada por los pregoneros, se escapó a escondidas y tras mucho andar al fin pudo divisarlos de lejos, conducidos hacia la puerta de los Aguadores en una carreta de bueyes. Ahora los recordaba nada más como dos fantasmas blancos, de una blancura resplandeciente, cubiertos de harapos, envueltos en la polvareda que se alzaba al paso de la carreta.

Se lee por ahí que Sara y Abraham eran de verdad hermanos. O medio hermanos, que viene a ser lo mismo de escandaloso si se trata de verlos compartir la misma cama como marido y mujer. Nada de extraño sería que Taré, viudo rijoso además de glotón, hubiera decidido un día que quería desfogarse con la panadera, a espaldas del trojero, o sin cuidarse de que éste lo supiera o no, para eso mandaba en su casa; pero sí lo sería que, a sabiendas de que Sara era hija suya, la casara con Abraham.

No pasaría de ser otro invento de los tantos tejidos alrededor de la vida de ambos, acaso basado en un simple error de copia de los signos de las viejas tejas de arcilla, pues un hombre, una mujer, un hermano, una hermana, un marido, una esposa, se representaban con trazos que apenas variaban, lo cual podía prestarse a confusiones de la naturaleza que estamos señalando. Pero no se trata ni de infundio ni de impericia de escribas. Eso de que eran hermanos lo inventó el mismo Abraham, y le sacó todo el provecho posible, vaya si no lo sabía ella. Y hay quienes aún hoy día se lo creen.

De todos modos, el empeño de reconocer este vínculo consanguíneo tan de primer grado entre Sara y su marido, viene a ser una mala manera de buscar cómo enmendarle la plana a Abraham, pues, de ser cierto, tendríamos un caso palpable de incesto; y, encima, habría entregado como concubina al Faraón, y luego al rey Abimelec, no sólo a su propia esposa, sino también, y al mismo tiempo, a su propia hermana.

No me venga nadie con la excusa de que ésas eran las costumbres de aquellos tiempos, tomar por mujer a la hermana, que no es éste el caso; pues entonces Sodoma y Gomorra, de las que hablaré en su debido lugar, habrían seguido tan campantes en sus iniquidades sin cuento; ni con que igual era costumbre vender a la esposa, o a la hermana, a cambio de riquezas, que sí es el caso; pues tampoco las

ciudades dichas habrían sido destruidas en escarmiento ante tanta conducta disoluta que ya no se
las aguantaba y era necesario poner coto diciendo
basta, a ver si con fuego y azufre entienden de una
vez por todas.

Tres

Le volvió el fastidio cuando vio que Abraham se postraba en tierra y se deshacía en zalemas delante de los tres mancebos; y sin alzar la vista hacia sus rostros, como si les temiera, recitaba los parabienes, no pases de largo de esta morada de tu siervo que es la tuya. Ellos, muy suficientes, entraron, dejando los cayados fuera de la tienda, que tenía todos sus forros laterales recogidos para dejar penetrar la poca brisa que soplaba desde el encinar, pero no se descalzaron, lo que era el colmo de la descortesía.

Ya fueran dos, o tres, como en este caso, al darles la bienvenida Abraham se dirigía a ellos tal si sólo se tratara de uno. No decía no pasen de largo, sino no pases de largo, qué más prueba de que para él se trataba del Mago en persona, como si aquellas imágenes repetidas no fueran sino la ilusión de alguien que por defecto mira de manera desenfocada. Abraham conocía mejor al Mago, ella sólo de oídas. Tenía certezas, ella sólo dudas y sospechas.

Tras correr la cortina, Sara se había situado al otro lado de la tienda, donde las mujeres de la casa, el ama y sus esclavas, quedaban relegadas cuando llegaba un visitante. Abraham se incorporó, sacudiéndose las rodillas con algo de azoro, para llamarla luego sin volverse, Sara, agua para lavar los pies de estos viajeros. Ahora no decía este viajero, sino estos viajeros, porque era necesario lavar los pies de los tres, que eran verdaderos porque tenían un cuerpo físico. El Mago, ya dije, se inventaba un cuerpo, o varios, según su intención del momento, y estos tres, a la hora de proveer a sus necesidades, no podían ser tomados por la ilusión de alguien que mira de manera desenfocada, sino como personas molidas por la fatiga de una larga caminata que sentirían alivio al refrescarse los pies, y el ruido insistente de sus tripas avisaba que el hambre los hostigaba.

Tres imberbes que no habían tenido la cortesía de descalzarse, estaban ensuciándole las alfombras, y, para colmo, se daban codazos en las costillas, y contenían la risa inflando los carrillos. Algo les divertía. Quizás Abraham, que rengueaba al caminar, aguijoneado por el dolor de la herida, quizás ella, a quien adivinaban espiando detrás de la cortina. ¿Qué edad tendrían? ¿Quince, catorce años? No en balde se comportaban como unos niños a quienes no importan los modales en casa ajena.

Se habían sentado en las alfombras, ahora en sosiego, uno de ellos apoyado en un codo de forma displicente, el otro los ojos entrecerrados, como si aún lo ofendiera la luz del descampado, el otro rascándose una axila, y todavía no habían dicho nada. Sus finos labios, tan finos como trazados en suave color rosa con un pincel de pelo de yegua, permanecían cerrados. Desde atrás de la cortina, Sara había hecho señas a Agar para que cumpliera lo mandado, y Agar salió llevando la jofaina y un paño, y se arrodilló para desatar sus sandalias.

Agar, la de mayor confianza suya, la que conocía sus secretos, pero también su rival. Cierto que entró en el lecho de Abraham con su consentimiento. Pero eso del consentimiento tiene sus tramas, urdimbres y bemoles, el principal de los cuales viene a ser los celos. Aunque la oscuridad fuera cerrada a la medianoche, sin necesidad de extender la mano sabía, si de pronto despertaba, que Abraham no estaba junto a ella, no porque hubiera acudido a socorrer a las ovejas alertado por sus balidos de inquietud, temerosas de la acechanza de alguna manada de lobos, sino porque se hallaba en el lecho de Agar, los dos desnudos y entrelazados, y entonces se llenaba de rabia y desazón, y al mismo tiempo de deseo, tanto que pasaba entonces por la humillación de aplacar ella misma su ardor.

Y el único hijo de Abraham, Ismael, no era suyo, sino de Agar, algo que para ella, cada vez que lo recordaba, era como el aguijonazo de una abeja enloquecida enredada en sus cabellos. El muchacho tenía ya trece años, y se esforzaba en no malquererlo, al fin y al cabo qué culpa tenía él. Un bastardo. No lo aborrecía, pero no podía dejar de despreciarlo. ¿Era el Mago quien, sin ella advertirlo, había metido en su propia cabeza la idea de entregar a Agar a su marido, como otra de sus tantas trampas?

Fuera lo que fuera, si había consentido fue buscando agradarlo, para qué engañarse, necesitaba que el Mago se enterara de lo capaz que ella era de un acto de indulgencia, y así se apiadara por fin, está bien Sara, has consumado el mayor sacrificio que una mujer puede hacer, ceder a su marido para que entre en el lecho de otra y vuelva al tuyo ya cuando clarea el día embebido en los olores y los humores de otro cuerpo, sobre todo si ese cuerpo es el de la propia esclava, la temida rival en belleza y en dulzura, porque no me vas a negar que Agar es hermosa y deseable, si es cierto que ella te ha visto desnuda, tú también la has visto desnuda y te has dado cuenta que a lo mejor te aventaja no sólo en estampa, ya sabes lo que se dice de las egipcias, que son ardientes y nada pudorosas, por todo eso has pasado, has humillado tu orgullo, y ahora sí vas a concebir y vas a parir el varón que prolongará la especie de Abraham; ¿lo has hecho por bondad, verdad?, ¿o es sólo un ardid para inducirme a premiarte? En ese caso, olvídate, porque tu vientre seguirá oscuro y cerrado, como una cueva funeraria.

Ismael había sido circuncidado también, de la mano de su padre, tres días atrás, al cumplirse la orden terminante de los dos pastores de que el cuchillo debía entrar en la carne de los prepucios de todos los varones, sin contemplaciones ni excepciones. Su turno fue el segundo, después del propio Abraham, y como Agar temblaba, incapaz de someter al niño que gritaba desconsolado, Sara la apartó, lo sosegó con palabras de consuelo, y lo apretó entre sus brazos, y cuando el marido hubo terminado ella tomó con cuidado en sus manos el miembro maltratado, delgado como un carrizo, y con un lienzo limpió la sangre y puso los emplastos de hierbas y mostaza en la herida. Quería que desde su escondite en el aire, o en el viento, el Mago la viera hacer, preocupada y compasiva como si se tratara de su propio hijo.

Pero seguía sin entender a qué venía aquella mutilación que el marido se había causado a sí mismo, y que causaba en todos los demás con mano inexperta. Las órdenes impartidas a Abraham habían sido terminantes y puntuales. Pon cuidado, había dicho uno de los dos pastores, tomarás un cuchillo de los que te sirves para desollar el pellejo del ganado, y lo pondrás al fuego hasta que se torne rojo tirando a blanco, y entonces lo meterás en un barreño hasta que el agua lo enfríe. Después empezarás por ti mismo para dar el ejemplo a todos los varones, que habrás reunido de previo en asamblea, no te importe sajarte delante de los demás que no es este asunto de vergüenza, sino de purificación. Luego seguirás con el prepucio de tu hijo Ismael, haz que lo sujeten bien y no te detengas con sus gritos, y así irás llamando uno por uno a todos los que no son de tu linaje, ordenando que traigan primero a los niños, desde la edad de ocho días, que hayan nacido al amparo de tu heredad, y de allí el comprado por dinero a cualquier extranjero, y los que son de tu servidumbre libre también; y el que no quiera someterse al cuchillo lo pondrás fuera para que siga su camino.

Ahora, mientras Agar vertía el agua en aquellos pies tan delicados de los mancebos, Abraham preguntó, obsequioso, ¿acaso tienen hambre? Un hambre de lobos, dijo uno de ellos, por fin, con una voz que sonaba como un caramillo, una voz núbil de mujer. Y los otros se rieron, como si se tratara de una ocurrencia nueva a sus oídos, hambre de lobos. Entonces faltaba más, ya pronto tendrán con qué sustentar su estómago y su corazón, pero primero beberán agua de mi pozo, que he refrescado en la tinaja, respondió Abraham, lleno de gozo. Haz como has dicho, dijo, imperativo, el mismo que había hablado antes, y luego se acercó al oído de los otros para susurrarles algo, y los tres rieron de nuevo, tapándose la boca como unos verdaderos necios.

Abraham se excusó con los visitantes, atravesó la cortina y vino donde Sara para hablarle con voz apurada: cuando termine Agar con el lavatorio, manda que les lleve tres cuencos de agua, y toma tres medidas de flor de harina, amasa y haz panes cocidos debajo del rescoldo, pero hazlo tú misma, no lo confíes a nadie, no vayan los panes a quemarse. Deja esa cara obsequiosa que ellos no nos están viendo, ripostó Sara. Te equivocas, todo lo oyen y todo lo ven, dijo él, bajando hasta un susurro la voz. Muy bien, que oigan entonces que voy a cocerles el mejor pan de sus vidas.

Tres bocas que saciar, pensaba Sara, se hubiera presentado solo y todo sería más fácil, porque que yo sepa no come viandas ni manjares; y mientras ahora Agar servía los cuencos de agua y ella buscaba el odre donde se guardaba la harina, Abraham llamaba en altas voces a uno de los mayorales y los dos se iban apresurados al corral para escoger un becerro de tres años y destazarlo. Entonces Ismael vino detrás de ellos, el andar cuidadoso y la mano en la entrepierna, padre, padre, dijo. Qué quieres, replicó Abraham de mala manera, estoy muy ocupado. ¿Puedo venir con ustedes al sacrificio? No se trata de ningún sacrificio, sino de dar de comer a esos huéspedes. Quiero aprender cómo se degüella el becerro. Está bien, pero no te entrometas, sentenció, y luego dijo al mayoral: fíjate que sea bueno el becerro, no vaya a salir correosa la carne, y que sea gordo, para que luzca la grasa en el plato; y el mayoral, que tenía buen ojo para elegir, y ya iba cuchillo en mano, apenas entró al corral eligió uno que fue de su gusto y lo derribó, lo degolló en el suelo, lo despellejó, lo cortó en cuartos, y ordenó a unos sirvientes que pusieran los pedazos en un saco y lo llevaran a la tienda que servía de cocina. Entregaron el saco a Agar, que ya se disponía a asar la carne, cuando apareció Sara, y la quitó de en medio: déjame hacer a mí, le dijo, ¿no me corresponde el honor, tratándose de unos huéspedes tan distinguidos?

Sara ensartó la carne en tres asadores de fierro y dejó que se quemara en las brasas, de modo que supiera amarga en la boca. La colocó sobre hojas de vid en un azafate al lado de la fuente de salsa, salada en exceso, y los panes que antes había horneado eran tan delgados que se quebraban al tacto y no servían para rebañar la salsa. La leche con que llenó los cuencos empezaba a hacer grumos, y la mantequilla olía a rancio. Me estoy esmerando con tus emisarios que no sé aún a lo que vienen, pero de seguro no será nada bueno para nosotros, dijo entre dientes, y agradece que no escupa en los cuencos de leche.

Cuando Abraham les hubo llevado él mismo las viandas, Sara, de nuevo situada detrás de la cortina, desconcertada los vio comer con hambre voraz, sin poner reparo a lo que se llevaban a la boca. No es así como lo vas a vencer, se dijo con desilusión, cuando tú has dado un paso, el Mago ha dado ya tres delante de ti.

Y entonces, ya limpios los platos, Abraham, viendo que seguían en silencio, quiso entretenerlos y les habló del siroco que ya empezaba a soplar y envenenaba de desazón las mentes y condenaba al desvelo, de una enfermedad desconocida que estaba diezmando a las hembras de los camellos, de la cosecha de lino que sería mediocre este año; pero ellos, sin dar respuesta ni hacer comentarios, sólo se miraban unos a otros, y fue como si al haber quedado saciados hicieran a un lado su liviandad, pues sus rostros se habían tornado graves, como corresponde a unos emisarios oficiales que se disponen a cumplir de una vez por todas su mandado. Se aclararon los tres la garganta, pero fue solamente uno de ellos el que preguntó, como quien no quiere la cosa: ¿dónde está Sara, tu mujer?

Las historias que se han repetido después dicen que los tres hicieron la pregunta a un tiempo, pero eso no fue así. Sólo uno de ellos llevaba la voz, era la regla bajo la que siempre actuaban. Nada de arrebatarse la palabra, ni de hablar en coro como niños de escuela; lo primero hubiera enseñado falta de disciplina, y lo segundo hubiera parecido ridículo, siendo que el mensaje que debían transmitir era muy serio.

Abraham se asustó ante la pregunta, y más se asustó Sara, que seguía fisgoneando detrás de la cortina. Está donde le corresponde estar, respondió él, con un balbuceo temeroso, pensando al mismo tiempo: ¿qué habrá hecho Sara para causarles disgusto? Porque por el tono de aquella voz que preguntaba, un tanto airada, otro tanto severa, temía lo peor.

Mira, dijo el vocero, nos queda algo muy importante por hacer lejos de tu tienda, y no podemos retrasarnos mucho; es más, ya deberíamos estar en camino. Pero antes de irnos es preciso dejarte saber una cosa que es de tu incumbencia, y de la incumbencia de Sara: ella va a parir un hijo varón, éste es el aviso. Y calló, como quien dice: mira nada más la noticia que te he traído.

Y entonces, detrás de la cortina se escuchó la risa de Sara. No fue ninguna carcajada ni nada por el estilo, como a alguien le podría parecer, sino una especie de graznido despectivo, que mostraba incredulidad y desprecio. La risa del desdén. Aquí también las historias pecan por su simpleza, porque afirman que Sara se rio pensando en que ya estaba vieja, ¿después que se han consumido mis años tendré yo deleite, habiendo también mi señor entrado en la senectud, y siendo ahora su pene tan fláccido como el pescuezo de un ave que espera ser desplumada?; o porque vio pasar por su cabeza la imagen de dos ancianos de carnes flojas y arrugadas haciendo intentos inútiles de copular, que en verdad sería como para causar risas desaforadas.

Toca insistir que viejos no eran. En las historias acerca de aquellos tiempos tan inciertos mucho se exagera, o se adulteran las cifras, ya se dieron ejemplos, hay hombres, sea el caso de Abraham, que tienen hijos a los cien años, quedan viudos, aún vuelven a casarse ya centenarios, y mueren a los ciento setenta y cinco; y está el número de muertos en batallas o degollinas, que a veces llegan a doscientos o trescientos mil en un solo día.

Y ya no se diga la exageración de ciertos acontecimientos: el mar que se abre con sólo alzar frente a sus aguas una vara para que pasen unos perseguidos que son miles, y luego se cierra y se traga a los perseguidores, un ejército entero con todo y cabalgaduras, pendones, escudos, corazas y alabardas; el sol que se detiene en medio cielo y lo mismo la luna, para que no anochezca durante un día entero, y así un capitán pueda ser favorecido en la batalla teniendo al enemigo a plena vista; una escala que se pierde entre las nubes, por la que se puede subir y bajar a gusto y conveniencia; alguien que es llevado por los aires en un carro de fuego uncido a caballos de fuego en medio de una tempestad de fuego; los muros de una ciudad asediada que se desmoronan al sonido de unas trompetas de cuernos de carnero y conforme al griterío de la multitud de soldados que la sitian; uno que naufraga y va a dar al vientre de una ballena donde puede vivir tres días y tres noches, a pesar de las incomodidades que semejante abrigo entraña, hasta que es vomitado sano y salvo en tierra seca; para no hablar de aguaceros torrenciales que duran cuarenta días con sus noches respectivas entre la furia de los relámpagos y el fragor de los truenos, hasta llegar las aguas, turbias de lodo, a la cima de los montes.

¿Y qué me dicen de la simple vara ya mencionada, que además de separar en dos mitades el mar también tiene la virtud de convertirse en serpiente, hacer brotar un manantial puro de las piedras al golpearlas con ella, provocar una lluvia de granizo al elevarla al cielo, transformar las aguas en sangre, o hacer nacer del polvo una nube de mosquitos de aguijones letales? Y así por el estilo.

Historias parecidas a éstas, y aún más sorprendentes, era posible oír contar en la plaza de Baal en Sodoma, que Sara solía atravesar para llegar a las colinas de Arfaxad, el barrio de los mercaderes ricos donde ahora vivía Lot con su familia. Los historiadores, que se distinguían por sus túnicas rojas y sus cabezas desnudas, se turnaban bajo el arco de piedra en la escalera que llevaba al callejón de la Serpiente, un nido de lupanares, y desde allí se dirigían a los oyentes que se iban congregando al pie de las gradas. Se ayudaban con un tamborín para marcar las pausas de su relato, fingían el silbido de las ventiscas, truenos de verano, trinos de pájaros en una floresta, voces de príncipes y de prostitutas, roce de cuchillos y espadas, y asimismo el fragor de las batallas, el mugido de las trompetas que derribaban los muros de las ciudades, o el estruendo de un palacio al derrumbarse cuando un desgraciado rey prisionero, ciego porque sus captores le habían arrancado los ojos, fue traído cubierto de cadenas de bronce para diversión de los comensales de un festín, y entonces supo arrimarse con mañas a las columnas maestras que sacudió, dueño de nuevo de la fuerza descomunal que le daba su cabellera vuelta a crecer, rapada a navaja mientras dormía por la mano traidora de una ramera, con lo que perecieron sus pérfidos enemigos junto con él.

Siempre empezaban los historiadores anunciando sus relatos como recién traídos por las caravanas, pero que ya eran viejos en sus repertorios, el más viejo de todos la torre de ladrillos cocidos al fuego y pegados unos con otros con asfalto, que los hijos de los hombres quisieron edificar para que su cúpula alcanzara más allá de las nubes, y ya cuando iban a darle remate fueron confundidos por la demencia repentina y no se entendían entre ellos porque hablaban lenguas diferentes y extrañas, y así se dispersaron por la faz de la tierra entre graznidos melancólicos.

Cuatro

¿Es posible que, como se asegura, a Sara le hubiera cesado la costumbre de las mujeres, o sea, que ya no le bajaba la menstruación, para el tiempo en que recibió el anuncio causante de su risa? El Mago por algo era mago; climaterio, menopausia, para él ésas eran nimiedades que podía resolver en un parpadeo, y si se trataba de que ella debería parir, pariría. Pero tal cosa no quitaba que sus carnes siguieran siendo firmes, erectos los pechos, lozano su rostro, sedosos los cabellos, lejos aún sus formas de marchitarse y de apagarse su ardor, nada de malos olores ni de aliento malsano, intacta la dentadura, atractiva lo suficiente para entrar en el lecho del rey Abimelec, que ese episodio todavía falta por ocurrir, tal como antes había entrado en el del Faraón, que ya ha ocurrido pero falta por contar.

¿Pero qué si la causa de la risa de Sara, que a pesar suyo no pudo contener, o cuando quiso hacerlo, llevándose la mano a la boca, ya era tarde, fue el sentimiento molesto de que otra vez le estaban tomando el pelo? Apenas tres días atrás, cuando los emisarios habían llegado bajo el disfraz de pastores con la orden de la circuncisión, fue lo mismo: Sara va a tener un hijo, anunciaron. Y quien se había reído entonces fue el propio Abraham, no porque se sintiera tan viejo como para no poder preñar a su mujer, ¿no había sido capaz de preñar a Agar?, sino porque también a él, aunque fuera un hombre tan temeroso, aquel cuento no dejaba de fastidiarlo.

Los pastores hasta habían dado la fecha del parto, dentro de un año a partir de este día, es decir, uno de ellos la dio, el que esa vez estaba autorizado a hablar, y no faltó el nombre que deberían poner al niño, Isaac. De todo disponía el Mago. El nombre del niño, y el nombre que los esposos llevarían en adelante: ustedes ya no se llamarán Abram y Sarai como hasta ahora, sino Abraham y Sara, les notificó también el vocero.

Esto último lo recordó ya cuando se iban, como si lo hubiera olvidado. Se aconsejaron entre ellos, el que llevaba la palabra regresó tras sus propios pasos, trazó en la arena dos círculos y encerró en cada uno de ellos, con movimientos apresurados, los signos correspondientes a cada nuevo nombre, es esto, y esto, y ni siquiera esperó preguntas aclaratorias, o muestras de desacuerdo o conformidad; emparejó otra vez a su compañero, y se fueron por donde habían venido.

Qué ocurrencias las del Mago, dijo Sara viéndolos irse, un ocioso que anda preocupándose por una letra de más, una letra de menos, ¿y a mí qué si me llamo Sarai o si me llamo Sara? Abraham, arrepentido ya de haberse reído, y mortificado de no haberse excusado de su conducta delante de los visitantes, tampoco había alcanzado a darles su consentimiento con los nuevos nombres: perdónenme mis señores si me he reído, no volverá a suceder, y en cuanto a los nombres sea así, hablo también por Sara; y la próxima vez que lleve la lana esquilada al mercado de los cardadores de Sodoma, tendré cuidado de pedir al tasador que me anote como Abraham.

Nada de importancia tenía eso para Sara, ella ni transaba, ni comerciaba, y cuando iba por alguna compra a Sodoma, aceite para las lámparas, un odre nuevo, una vasija de barro, un cántaro de cobre, un cuchillo, unas sandalias, hilo para la rueca, pagaba en dinero contante y sonante y nadie le preguntaba cómo se llamaba.

Para el Mago, agregar o quitar un signo a un nombre era fácil, pero cumplir con el eterno ofrecimiento de darles un hijo, ahí sí quiero verte. Y aunque fijara plazo para el parto y les anunciara, además, cómo iba a llamarse ese hijo, la verdad es que su crédito andaba por los suelos, según le pasa a todo el que promete y no cumple. Y por eso se había reído Abraham, aunque luego se hubiera arrepentido, y por eso se reía ella ahora.

En lo que a mí concierne, quedan Sara como Sara y Abraham como Abraham, pues no voy a seguir la corriente a los pastores, sea o no premeditada su decisión, y retroceder así el trecho que llevo recorrido para ocuparme de reponer en tantos renglones Abram y Sarai, si de todos modos como Abraham y Sara debo seguir llamándolos en adelante.

Me detengo un tanto, sin embargo, para considerar un asunto que no deja de tener importancia. Según un texto que tengo a la vista, el que se enoja ante la risa de Sara es el Mago mismo, mientras los mancebos callan y desaparecen de la escena. Hay tres conos de luz que caen encima de cada uno de ellos, sentados en el suelo de la tienda, sobre las alfombras. De pronto los focos se apagan uno a uno y lo que resuena desde lo alto es la voz del Mago, como los truenos de las tormentas que estallan cerca y van alejándose en ecos que tardan en apagarse. Se dirige a Abraham con un áspero reproche que es más bien para Sara: ¿por qué se ha reído Sara? ¿Hay para mí alguna cosa difícil? Al tiempo señalado volveré a ti, y según el tiempo de la vida, Sara tendrá un hijo. Entonces, ella, que ahora está llena de miedo, responde: no me reí. Y él: no es así, sino que te has reído.

Es un juego de imágenes, un juego de voces, un intercambio de personajes, la palabra que va de uno a los otros, del ventrílocuo a sus criaturas, y viceversa. Es tan grave lo que hay que decir en este momento, que los mancebos son apartados de un manotazo, y quien los ha creado y manipula es el que debe llevar la voz cantante, no hay lugar para sustituciones.

Pero puede ser que el texto aludido no haga otra cosa que referirse a los mancebos como el Mago mismo. Hablan ellos, o uno de ellos, porque de todos modos habla él, si al fin y al cabo son todos uno mismo, máscaras, figuraciones, ventriloquía.

Entonces, mejor sigo con los mancebos. Lejos ahora de toda impertinencia, no les gustó para nada que Sara se riera. Fruncieron el ceño. Los pastores habían pasado por alto la risa de Abraham tres días atrás, pero éstos no iban a tolerar ahora la suya. ¿Por qué se ha reído Sara?, preguntó el que llevaba la palabra, con cara de pocos amigos. ¿Hay acaso para nosotros alguna cosa difícil? Entonces llegó la voz acobardada de Sara, tanto que apenas se le escuchó: no me he reído. Claro que te has reído, todos te oímos, dijo el mancebo, ya colérico, volviéndose hacia la cortina.

Es como si más bien dijera: Sara, ten cuidado, te estás burlando, y nosotros no nos avenimos con burlas ni travesuras, lo de la comida que nos diste, pase, pero este asunto es grave. Y ella, porque sentía pasado aquel instante de cobardía, o para hacerle frente a esa cobardía, tenía sobradas ganas de responder: quienes se están burlando de mí son ustedes, vienen aquí otra vez con sus mismos cuentos, y este crédulo de mi marido se queda ahí tan tranquilo, no es la primera vez que se aparecen con esa historia, ya me la conozco desde hace años, Abraham, vas a tener una descendencia numerosa, y mientras tanto edifica un altar en tal lugar, y allá va el zopenco cargando piedras y odres de asfalto, ya no me gusta ese altar, ahora levanta otro en este sitio, túmulos por aquí y por allá, que después los cardos y las ortigas se tragan.

Pero si algo había aprendido era a deponer la ofuscación, que es mala consejera, y a saber retroceder. Buscó prudencia en su alma, la halló, y no dijo nada de eso que ya le espumaba en la boca, sino: perdonen, mis señores, si acaso lo hice fue algo involuntario, una risa de puros nervios, o quizás es porque he sentido miedo, y a veces una se ríe por temor.

El mancebo insistía en regañarla, la risa de la mujer siempre es necia, decía con su voz de flauta, nunca aprenderán de la prudencia, y ella cada vez se excusaba; y a pesar de lo embarazoso de la situación, una luz de alegría la penetró: era la primera vez que el Mago se dirigía a ella. Le había hablado por fin, por su propia boca, o por boca del mancebo. ¿No era aquello un triunfo? Aunque fuera a costa de su cólera, lo había doblegado. De algo sirve la risa, se dijo, y volvió a reírse por lo bajo, cuidando esta vez que nadie la oyera.

¿Por qué semejante regaño, de todas maneras? ¿No había anunciado el pastor de ovejas que su hijo se llamaría Isaac, יִצְחָק, que significa la risa, el que reirá, el que te hará reír? ¿A qué extrañarse entonces de que ella se ría?

Ella bien lo recuerda. Había regresado con premura, como si hubiera dejado olvidado algo en la tienda, pero se detuvo en el umbral, y Sara, que recogía los restos de la comida con que agasajara a los visitantes, pudo ver cómo trazaba en la arena aquel círculo perfecto con la contera de su cayado, y sin mirar a Abraham dijo: tu mujer ya no será Sarai, שרי, sino Sara, שָׂרָה.

Apenas estaba aumentando un signo; pero de שרי, «la que se empeña», a שָׂרָה, «princesa», hay mucho más que un simple trazo, dicho en justicia. Se trata de toda una elevación de rango y Sara se convertía en elegida, aunque se siga quejando de desprecio y desatención sólo porque tiene declarado un pleito tenaz con el Mago; quien pruebe a preguntarle oirá lo de siempre, ese cuento es viejo, ya me lo sé, con quitar o poner un signo en mi nombre no va a contentarme, princesa de qué, además, ¿princesa de las soledades del desierto, de mi cocina, de mi barreño?, ¿princesa para recoger la bosta de las cabras y los camellos y abonar los suelos?

Por su parte, Abram, אברם, pasó a ser por obra de esa misma decisión Abraham, מאברה, tal como fue trazado en la arena dentro del otro círculo, asunto otra vez de un solo signo de más, y también el cambio tenía su importancia, tanta que si Abram significaba «el padre es exaltado», Abraham venía a significar «padre de multitudes», que es lo que el Mago ha venido repitiendo tiempos ha, por sí y por sus emisarios, para disgusto de Sara, que su descendencia será tan numerosa como las estrellas del cielo, etcétera, y ella no hará más que volver a torcer la boca con desdén, es cuento viejo, ya huele a moho ese cuento.

El círculo entonces significaba mucho, y con eso que el pastor de ovejas había cerrado de manera tan perfecta, uniendo los cabos del dibujo sin desviación alguna, el Mago querría decirles, a lo mejor, que él mismo era un Círculo que tiene su centro en todas partes, y cuya circunferencia no está en ninguna, que él se cierra sobre sí mismo, sin descarríos en el trazo porque no le tiembla el pulso, y por ello representa la unidad, lo absoluto, la perfección, vean no más, estoy encerrando los nombres verdaderos de ustedes dos dentro de mí mismo, no es poca cosa de mi parte, y no venga ningún impertinente a decir que obro de manera impremeditada o según me da la gana, cambio nombres cuando hay necesidad de cambiarlos, y tampoco es asunto de seguirme o no la corriente, como si mis propuestas se pudieran tomar o dejar.

Si el Mago se hubiera dignado entrar en los sueños de Sara para confiarle aquel secreto de que él tenía su centro en todas partes y a la vez en ninguna, es más que probable que ella hubiera entendido poco, porque se trata de eso que hoy en día llamamos abstracciones, y, más bien, dejando de un lado el tema, le habría respondido: muy agradecida de que por fin estés aquí, pero primero vamos a vernos las caras frente a frente, nada de pastores ni mancebos, ni de soplarme tu aliento en la nuca, o hacerme cosquillas en el pabellón de la oreja como si jugaras al escondite, que yo ya no estoy en edad de distracciones y placeres de niños; y eso del hijo que voy a parir me lo pones por escrito, aunque sea en la arena, encerrado dentro de tu famoso círculo. ¿Isaac? ¿El que ríe? Perfecto, muy bien, quiero su nombre dentro del círculo, יִצְחָק, y debajo tu firma, al fin y al cabo, ¿cómo es que te llamas, tú, que vas por ahí cambiando los nombres de los demás? El Mago no, ésas son invenciones mías, algún nombre verdadero has de tener.

Cabe consignar que los signos trazados en la arena por la mano del pastor de ovejas corresponden a una lengua distinta de aquella en que se ha contado más tarde la vida de Sara al lado de su esposo errante, y en esa otra lengua, del principio mismo de la escritura, todo nombre femenino empezaba con el signo que designaba a la mujer, que era el mismo para vulva, un simple triángulo con una hendidura: ▽

Viéndolo bien, si el pastor de ovejas encerró la vulva en el círculo trazado en la arena, eso significaba hacer a Sara aún más prisionera de los designios del Mago; de modo que nadie la culpe más por su terquedad y su desconfianza. No la estaba elevando a princesa, la estaba encerrando. Y menos se la culpe por la risa que emprendió carrera desde su estómago como una sabandija sin gobierno, haciéndole cosquillas en la garganta hasta asomar a su boca ya sin que nadie pudiera reprimirla. ¿No iba a ser acaso madre de la risa, del que ríe, del que viene riendo?

Cinco

Todo aquel coloquio un tanto desagradable acerca de la risa de Sara había quedado atrás, junto con el disgusto de los tres mancebos que no tardaron en recuperar su ligereza de carácter una vez cumplido lo que debían cumplir, que era anunciar la maternidad de la mujer oculta detrás de la cortina, lo creyera ella o no lo creyera, eso no parecía ser ya asunto de ellos.

Se calzaron las sandalias y se pusieron de pie, empujándose entre risas. Buscaron sus cayados, y ahora era otro de ellos quien llevaba la voz: nos vamos porque se nos hace tarde. Y con la mirada indicó hacia el occidente, donde se extendían hasta el borde del Lago Salado las llanuras sin verdor de Sodoma, ardidas por el salitre y salpicadas de charcos de asfalto. A mano contraria, hacia el oriente, estaban las arenas del desierto, por donde habían aparecido.

Sería prudente que durmieran aquí esta noche y siguieran camino mañana temprano, suplicó Abraham, hay gavillas de asaltantes en las llanuras, gente de mal vivir, soldados de la guerra recién pasada entre el rey de Sinar y el rey de Sodoma que merodean sin jefe alguno. Nada de eso, respondió el nuevo vocero a la par que bostezaba, por sí o por no, antes de que caiga la noche debemos estar en las puertas de Sodoma, aunque para llegar hasta allá tenemos una dificultad que resolver. ¿Y ésa cuál es?, preguntó Abraham. No conocemos la ruta.

Sara, que seguía detrás de la cortina, frunció el ceño, éstos sí que de verdad vinieron en son de broma, porque el que de entre ellos ha dicho que no conocen la ruta a Sodoma, al mismo tiempo ha mirado burlón a sus compañeros, y si todo lo saben, según sus cuentas, si saben que voy a concebir, ¿cómo es que no conocen el camino para llegar a Sodoma, que es lo más sencillo del mundo? No había cómo perderse. La vía que conducía hasta Sodoma era muy traficada por gente de montura, cobradores de impuestos, censores, sacerdotes, comerciantes; partidas de prostitutas enjauladas en carretas conducidas por rufianes, efebos que iban allá a alquilar sus cuerpos a lomo de bueyes con las astas enfloradas; y gente de a pie, braceros, jornaleros, saltimbanquis, músicos, soldados de fortuna, vagabundos, tahúres y truhanes, lo mismo que caravanas de acémilas y camellos, rebaños de becerros, cabras y borregos que alzaban nubes calizas con las pezuñas; y la única bifurcación existente, casi al final de la ruta, se abría hacia Gomorra, la ciudad vecina, las dos junto a la margen occidental del lago.

Ella aguzó el oído. Abraham, va a ser preciso que nos acompañes para no extraviarnos, dijo el mancebo con sonrisa de picardía. Escucho y obedezco, respondió Abraham bajando la cabeza, voy por mi alforja y mi cayado, y a ordenar alguna provisión de boca. ¿No sabe nunca decir no este hombre blando como la cera de las colmenas?, refunfuñó Sara detrás de la cortina. ¿No podría al menos preguntarles por qué la prisa en llegar a Sodoma? Pero el que hablaba ahora, cualquiera diría que para complacer el pensamiento de Sara, afirmó: tenemos instrucciones terminantes de destruir Sodoma, y también destruiremos Gomorra, porque ambas se comparan en iniquidades, no quedará nadie vivo. Y su voz pareció entonces más melosa, como si fuera a derretirse en el calor encerrado bajo el toldo de la tienda.

¿Qué era aquel juego? El mancebo proclamaba algo tan inicuo, arrasar dos ciudades donde vivían miles de almas, matándolos a todos, con el desparpajo inocente de quien propone a sus otros dos compañeros: vamos a sacudir las ramas de esa higuera hasta que caigan todos los higos maduros, vamos a correr parejas detrás de esa cabra salvaje a ver quién la agarra primero de la cornamenta y la derriba al suelo.

Abraham, como si oyera llover, se fue a ultimar sus preparativos para el viaje, hasta semejante punto le tenían sorbido el seso. ¿Acaso no le importaba que Lot, su propio sobrino, que vivía en Sodoma, fuera a quedar entre aquella mortandad junto con su mujer Edith y sus dos hijas? ¿O es que pensaba, como ella comenzaba a pensarlo también, que se trataba de otra de las bromas de aquellos tres, de las que sólo quedaba reírse, o tomarlas con indiferencia, como esa de que ella iba a concebir un hijo, la más antigua de todas las que solían gastar? Pero ya estaba prevenida, no volvería a reírse de absurdos ni de guasas, no fuera que la reprendieran de nuevo.

Quizás en este punto convendría agregar algo que figura en algunas de esas mismas crónicas de las que he ofrecido antes someras referencias. Y es que los tres forasteros con caras de muchachas delicadas, que eran a la vez uno, tenían nombres propios, cualesquiera que fueran sus vestiduras y apariencia, de las que ya se dijo, mancebos, pastores, mercaderes, mendigos, beduinos; y estos nombres eran Rafael, Miguel, Gabriel, aunque aquella pareja recluida en su soledad lo ignorara, así como ignoraba la misión precisa confiada a cada uno. Porque cada cual tiene un papel del que no puede apartarse. Ya hemos visto que cuando uno habla, los demás callan: si Gabriel anunció que Sara quedaría preñada, es porque esta clase de noticias sabe darlas a las mil maravillas; Miguel, como no se anda con vergüenzas, se encargó del asunto de la circuncisión.

Y en este momento es a Rafael a quien toca el turno para dejar saber que, allí donde los ven, finos y delicados como doncellas, inmaduros y amigos de picardías, y cualquiera diría asustadizos, están dispuestos a pasar de las palabras a los hechos y tienen el poder suficiente para destruir cuando hablan de destrucción: caerá del cielo una lluvia de azufre candente que todo lo calcinará, gentes, plantas, animales, se abrirá la tierra en grietas hambrientas para enseñar sus cavernas y tragar templos e ídolos, lupanares, cantinas y casas de juego, las aguas del Lago Salado se alzarán hirvientes en oleadas hasta cubrir los confines de las dos ciudades, y después sólo quedará un yermo de piedras, cardos y arena negra, quizás la huella del trazo de una calle, a lo mejor la cresta de un muro derruido, pero nada más; y si algún árbol permanece en pie en algún parque o jardín de los que serán barridos, dará frutos de buen ver, pero se convertirán en ceniza cuando alguien los muerda; y pasado el tiempo ningún caminante podrá decir al acercarse a aquellas soledades, que en nada se distinguirán del árido llano circundante, nublado por vapores de alquitrán: aquí estuvo Sodoma, aquí estuvo Gomorra, con todo su bullicio de perversidad y sus disipaciones.

Abraham se había alejado, pero Rafael lo explicaba todo con lujo de detalles y voz inspirada, en la que había una pasión vengativa. Y aquí, una de dos: o hablaba para sus acompañantes, asunto por lo demás sobrancero; o, como es más probable, hablaba para Sara en su escondite detrás de la cortina, jugando a atemorizarla, como juega el gato maula con el mísero ratón.

A pesar de su incredulidad, Sara sintió en la espina dorsal una corriente fría que la hizo estremecerse. Vio de pronto a una criatura de pecho despanzurrada bajo el montón de piedras de una pared abatida en cascada sobre su cuna, apenas perceptibles los pequeños pies ensangrentados entre la polvareda; vio a una mujer envuelta en llamas que corría llevando a rastras a sus dos niños, uno en cada mano, encendidos también como teas, en busca de apagar en el lago el fuego que los consumía, pero sus aguas ardientes más bien venían encima de ellos.

Abraham ya estaba de vuelta, listo para el viaje. He meditado mucho si debía darte parte o no de lo que tenemos entre manos, le dijo Rafael, sin apartar la sonrisa apenas dibujada en sus labios; y mirando de soslayo a la cortina, agregó: pero al fin, mientras bebía de tu leche fresca y comía de tu becerro, que, de paso, tenía un sabor excelente, ni muy hecho ni demasiado sangrante, como me gusta a mí, me he dicho: a Abraham lo recordarán mañana como la semilla y origen de una nación entre las naciones de la tierra; entonces, siendo así, no puedo dejarlo fuera de esto que es necesario hacer, puesto que tanto en Sodoma como en Gomorra la situación se ha vuelto intolerable.

La lista es larga, pero que te baste con unos cuantos ejemplos: las tabernas abiertas día y noche, y allí todos se embriagan hasta caer en las calles como fardos; las casas de juegos de azar, llenas de tahúres que terminan liándose a cuchilladas, tampoco cierran nunca; elíxires y polvos que arrebatan los sentidos se venden libremente por las calles, y quienes se enajenan con ellos son capaces de matar a su prójimo por conseguirlos; lupanares donde las matronas pervertidas comercian con la carne de niñas que apenas han dejado sus juegos con las muñecas, anunciados por falos dibujados con grosería en las paredes; hombres que parecen respetables de día se disfrazan de hetairas por las noches y salen a buscar mancebías donde se dejan usar contra su naturaleza.

Pero aun eso lo consideran poco, porque, además, la concupiscencia y el vicio señorean detrás de los muros de cualquier vivienda; magistrados y sacerdotes hay que compran a sus madres niños impúberes para hacerlos suyos, y mantienen bajo su techo hasta ocho y diez de ellos; mujeres copulan con mujeres, y varones son penetrados por varones; padres se ayuntan con hijas, madres con hijos; mujeres con perros y asnos, hombres con marranas, yeguas, cabras, lo que tengan a mano, hasta un ave de corral la ensartan sin más; y no sólo la concupiscencia, también han sentado sus reales el latrocinio, el robo y la estafa: los comerciantes adulteran las pesas, los jueces se enriquecen con el cohecho, los que mandan ordeñan el tesoro público, y los clérigos esquilman las ofrendas, sin hablar de los asesinatos, ya sea por ira, o por venganza, o por codicia. La verdad, Abraham, en el hombre hay mala levadura, y no hay nadie allí que se salve de ser culpable de suciedad y engaño, esto es ya demasiado, y la paciencia tiene un límite; de modo que por eso hemos decidido no sólo prevenirte, sino también pedirte que nos acompañes, para que seas testigo del escarmiento, así que no es asunto de que no conozcamos el camino, lo conocemos de sobra; y diciendo esto último, miró de nuevo hacia la cortina que ondeaba levemente.

Rafael suspiró, agitado como tras una larga carrera, y escupió en el suelo con desprecio, como sólo podría hacerlo un anciano terco y rencoroso, y no un adolescente de apariencia tan gentil. Y falta lo peor, dijo, jadeante. ¿Qué puede haber aún de peor que todo eso que has descrito con tanto detalle?, se preguntó Sara muy en sus adentros, porque no quería provocar ningún nuevo incidente. El mancebo pintaba la vida en Sodoma con colores exagerados. Es cierto que había vicio y perdición, ella no lo dudaba, pero muchos llevaban una conducta normal y pacífica, cerraban sus puertas temprano y no se metían con nadie, padres que cuidaban la virtud de sus hijas, y tantos otros, incapaces de tocar un centavo ajeno, claro que les gustaba alegrarse a veces, quizás tomaban unas copas de más, se encendían los ánimos y discutían sandeces, alguien ya nublado el entendimiento por el vino ponía la mano en el trasero de la mujer ajena y podía ganarse una bofetada, pero al día siguiente estaban todos en sus quehaceres, el marido en su banco de cambista, el atrevido tras el mostrador midiendo paños, y la mujer hilando en su rueca.

Falta agregar a esa lista, exclamó Rafael, con voz más que ofendida, el más abominable de sus pecados que es la idolatría, pues adoran a un ridículo becerro al que llaman Baal, le dedican templos, lo entronizan en los hogares, le levantan estatuas en las plazas y parajes públicos, celebran fiestas en su honor, lo festejan con libaciones entre cantos groseros y bailes lascivos, y ten por seguro que lo primero que el rayo derribará serán esos templos y esas estatuas.

Ajá, se dijo Sara, ahí está entonces la madre del cordero, por fin llegamos a donde deberíamos llegar, no hay más que el Mago se siente celoso, que me digan a mí si no sé hasta dónde pueden llevar los celos cuando una siente que no es la preferida porque hay alguien más de por medio. En la plaza de Baal, esa que ella atravesaba a menudo, se alzaba la mayor de las estatuas de bronce de aquel becerro alado de un solo testículo del tamaño de un pomelo, gastado por el roce de tantos labios como lo besaban en busca de sus poderes sagrados.

Tiene razón Sara, si volvemos a esas crónicas tan antiguas donde habla el Mago, o se habla del Mago, su celo por ser único es patente. Ha existido, existe y existirá por sí mismo, y dado que la eternidad le pertenece de manera exclusiva, nadie puede inclinarse delante de ningún otro altar. El que es celoso es celoso, y yo lo soy, declara sin tapujos. Los celos son la expresión de su dominio absoluto. Y Sara, descendiendo aún más dentro de sí misma, tanto que en aquellas profundidades de su ser aun a ella misma le cuesta oír su voz, se dice: ¿cómo vas a culpar a nadie de que no te adoren si no te conocen; si apenas estos dos siervos tuyos —aceptemos que me has hecho tu sierva, por grado de voluntad o por la fuerza, y a Abraham por llevadero— son los únicos que saben de tu existencia, invisible, sin rostro, sin nombre? No deberías sentir esos celos si nos has dejado a la gente comparar entre tú y el becerro, a lo mejor resulta que, puestos ambos en la balanza, ellos digan que quien vale la pena entre ambos eres tú mismo, pero desde ya te advierto que nadie va a ir detrás de una figura hecha de aire a la que no se puede tocar, y sobre todo si lo que ofreces es reprimendas por cualquier cosa, y entre tus mandamientos está prohibir la alegría de la gente y hasta una simple risa cuando a uno le da la gana reír.

Seis

Después de escupir tres veces más, el mancebo parecía haberse calmado. ¿Eso quiere decir, preguntó Abraham, con un tremor de voz, que todos los habitantes de Sodoma y Gomorra perecerán, sin excepción alguna? El mal no está en las piedras, sino en las almas, respondió el mancebo con un mohín. Eso sí es el colmo, se revolvió Sara detrás de la cortina, culpables de iniquidades hasta los niños de pecho, menos mal que no pasan de ser amenazas vanas, son las ganas que tienen estos muchachos soberbios de alborozarse a costillas de nosotros.

¿De modo que morirán a la vez el culpable y el inocente?, preguntó Abraham, como de pasada, espantando aquella mosca invisible que empezaba a revolotear frente a su cara. A pesar de la prisa que había declarado en partir, Rafael pareció interesarse. ¿Tienes alguna propuesta a ese respecto?, dijo. No sé, se encogió de hombros Abraham, pienso que a lo mejor hay allí, sólo digo a lo mejor, gente correcta, que no hace mal a nadie, familias honestas que no conocen de mancebías ni fornicaciones libertinas. Vaya, parece que me has leído el pensamiento y por fin en algo somos del mismo parecer, se dijo Sara, y ahora oía al mancebo preguntar: ¿y cuántos de ésos crees que de verdad podría haber? A ojo de buen cubero, digamos cincuenta, quizás, respondió Abraham. Rafael se rio. El caramillo de su risa sonaba alegre, elevándose y bajando en una nota juguetona. ¿Una suma de cincuenta, en ambas ciudades? En ambas, respondió Abraham, y volvió a espantar su mosca.

Bueno, dijo Rafael, ya veo tu punto. Si existieran esos cincuenta que dices, justos de corazón, rectos de conducta, que lo dudo mucho, porque el alma humana no es más que un nido de serpientes, todo se queda como está. ¿No habría destrucción en ese caso? No habría. Soy menos que polvo y ceniza para cuestionar tu voluntad, dijo entonces Abraham, pero tengo otra pregunta del mismo tenor. No te rebajes a polvo ni ceniza, lo reprendió suavemente Rafael, ya sabes la grandeza que se te ha anunciado a ti y a tu descendencia, haz tu pregunta. Mi planteamiento es éste: ¿si en lugar de esos cincuenta fueran menos? ¿Cuántos menos? Restemos cinco. ¿Cuarenta y cinco, dices? Cuarenta y cinco. Entonces también dejamos todo como está, las casas con sus techos cubriendo las aberraciones, los templos y plazas con sus ídolos odiosos, los lupanares en fiesta, la lujuria suelta por las calles como un perro rabioso, ya pueden seguir copulando como les venga en gana. ¿Y cuarenta? Rafael se encogió de hombros, con fastidio e impaciencia. Lo mismo, con cuarenta nos basta, pero no los hay, tenlo por seguro.

No te enojes, le dijo Abraham. No me enojo, pero ya estás viendo que se nos acaba el tiempo. ¿Y si fueran treinta? También en ese caso se suspende el decreto. Suplico perdón, pero ya que he empezado, al parecer mi lengua no me obedece. Déjala moverse en tu boca, pero con prisa. ¿Y veinte? Empezaste de cinco en cinco, al menos ahora vas de diez en diez, ya es algo, dijo Rafael; pero bueno, también si existieran esos veinte que dices, todos los demás serán perdonados.

Vaya, se dijo Sara detrás de la cortina, que nos libre el cielo de las aguas mansas, así de distraído y medroso como parece, apartándose de la cara a manotazos una mosca que no existe, ha ido llevando a este mancebo vengativo a donde él quiere, rebaja tras rebaja en el número de justos, un regateo como los que yo hago cuando compro cacharros de cocina en los bazares de Sodoma.

Entonces quedemos en diez, dijo Abraham. ¿Acaso es esto una puja?, respondió Rafael, y su voz cristalina pareció quebrarse al querer elevarla con desdén; está bien, que sean diez, prometido, ¿estás satisfecho? Más que satisfecho, mi señor, asintió Abraham. Entonces Rafael avanzó hasta situarse frente a él, y tocó su pecho con la contera del cayado, como si quisiera ensartarlo. Para que estés del todo conforme, dijo, yo te agrego, por mi parte, que con dos, o apenas uno que esté limpio de perversidad y lujuria, esas dos ciudades de perdición serán salvas del castigo que de sobra se han ganado; pero el caso es que hemos estado hablando necedades, tú preguntando una necedad y yo respondiendo con otra, porque no hay ni uno solo allí que merezca ser preservado de la furia que viene.

Encontrar a uno es más fácil que encontrar a diez, dijo Abraham. Ya lo sé, respondió Rafael, y lo que quiero es ahorrarte trabajo, serás tú el que elija a ese justo que salvará a todos los demás. ¿Yo, mi señor?, respondió Abraham, que ahora dejaba volar la mosca frente a sus ojos, sin apartarla con el consabido manotazo, y lo que hacía era parpadear. Al que señales, ése será, si es que existe, y nadie discutirá tu palabra. ¿Podemos irnos ya por fin?

Se había discutido lo que se tenía que discutir, y convenido lo que se tenía que convenir, los viajeros se ponían en movimiento, y Sara seguía de pie detrás de la cortina. El sudor descendía en hilos por su cuello, bajaba entre sus pechos, le picaba en las axilas. Le pesaba la vejiga con la urgencia de vaciarla, pero nada parecía ser capaz de sacarla de su inmovilidad. Abraham se había mostrado hábil, no podía negarse, tan taimado como cuando la ofrecía a ella al mejor postor, vestida con sus mejores galas, y presentándola como su hermana, para recoger luego las copiosas ganancias que le deparaba el engaño.

¿De verdad creía, en su simpleza, un astuto metido en una coraza de simpleza, que aquellos tres fatuos tenían el poder de destruir en un parpadeo dos ciudades enteras, con todas sus torres, puentes, palacios, templos, mercados, almacenes, jardines, terrazas, baños públicos, puertos, cuarteles, almenas y murallas, sin dejar alma viviente? ¿De qué podrían valerse, si fuera de los cayados sus manos se hallaban desnudas? Ni siquiera una espada, una ballesta, una antorcha empapada en brea que lanzar contra un muro.

Pero aun cuando ella siguiera sin dar crédito a aquella triquiñuela urdida de manera tan aparatosa, que sólo podía salir de la mente de un loco peligroso, el caso era que, por lo visto, su marido sí se lo estaba tomando en serio. Lot, pensó, ésa era la clave. Desde el principio, cuando Abraham aparentó no reparar en la gravedad de la condena que el mancebo estaba anunciando, y para mayor fingimiento de su desinterés se había alejado, pretextando aperarse para el viaje, había tenido en mente a Lot y a los suyos. Y ahora que todo se reducía a encontrar nada más a uno, Lot sería el justo que se necesitaba. Todo calzaba en ese punto.

Abraham se había detenido en la cuenta de diez porque con eso le bastaba. Sumando a Lot, a Edith, a sus dos hijas y a sus pretendientes, quedaban todos a cubierto, y aún cabían algunos de la servidumbre, por si acaso el mancebo dijera a última hora: se salvarán éstos, por consideración hacia ti, pero por los demás habitantes no puedo hacer nada. Ya se sabía que los emisarios, cualquiera que fuera su catadura, solían ser coléricos, contradictorios, y olvidadizos de sus promesas.

Eso, si es que Abraham había pensado de verdad en socorrer a Lot y los suyos, pues nadie podía asegurar que las viejas cuentas entre tío y sobrino estuvieran de verdad saldadas. Aquél era un asunto ya viejo, sin embargo, y aparentemente enterrado; pero si todavía guardaba contra él rencor en su pecho, ¿a cuenta de qué iba a empeñarse en abrirle la puerta de la salvación?

Cuando el Mago había ordenado a su esposo dejar Harán y emigrar hasta la tierra de los cananeos, asunto que aún me falta explicar, Lot se vino con ellos sin que Abraham se opusiera, porque estaba lejos de ver en su sobrino a un rival, aunque sabía de aquel noviazgo de niños. Pero en lo que hace al muchacho, nunca llegó a conformarse con que Sara tuviera ahora las obligaciones de una mujer casada, entre ellas la de dormir con su marido, y prestarle fidelidad y obediencia; y lleno de celos rabiosos la asediaba con requerimientos impulsivos que a ella no la ofendían, y más bien la divertían, como un juego más de los que jugaban entre ellos en la casa de Taré.

Y mientras ella se comportaba ahora como una mujer adulta, y encontraba en el lecho de Abraham deleite suficiente para quitar de su cuerpo cualquier desasosiego, Lot seguía siendo el niño atolondrado que quería besarla a escondidas, y no sólo eso; una vez que ambos espigaban en un campo de cebada, lado a lado, porque nunca se apartaba de ella, a la hora del descanso para la colación, a la vista de los demás segadores, la empujó sobre las gavillas amontonadas en la era, y puesto encima de su cuerpo, azorado por la torpeza y la timidez, quiso hurgar sus ropas, cosa que Sara, aunque fastidiada, tomó a risa; pero uno de los labradores fue a dar aviso a Abraham, que vigilaba la trilla en otra de las eras, y llegándose a trote apurado en su mula, sin apearse de la montura, cruzó a fuetazos la espalda de Lot.

Hubo desde entonces inquina entre ambos, tío y sobrino, y aunque siguieron juntos mientras erraban por parajes cada vez distintos, y se asentaban en las tiendas por periodos inciertos, según fuera la voluntad del Mago, se entendían a fuerza de la conveniencia de los negocios. Pero alrededor de Sara, Abraham había trazado una especie de cerco en el que Lot no podía entrar, y debía conformarse con contemplarla de lejos, triste y adusto; y poco tiempo después del regreso de Egipto, cuando Abraham volvió cargado de riquezas, no sólo en ganado y esclavos, sino también en prendas de oro y plata labrada, mandó Lot a decirle a Sara: si es asunto de enseñar abundancia de riquezas, ya te demostraré que las mías superarán a las de Abraham en un céntuplo, y así quizás podré merecerte.

Entonces comenzó a extender pastizales por su cuenta, y a criar sus propios ganados. Pronto tuvo numerosos rebaños de ovejas y de cabras, hatos de vacas y bueyes de labranza, y buena parte de los pastores y criados de Abraham prefirieron pasarse con él porque los recompensaba con más largueza, y tuvo también sus propias tiendas, más opulentas y mejor guarnecidas. Un imberbe que en poco tiempo se había hecho rico, pero ayudado de malas artes, pues enviaba a la medianoche partidas de servidores a arriar hacia sus pastos animales que no eran suyos, aun vacas paridas con sus crías, trasquilaba ovejas que tampoco eran suyas y vendía por tercera mano la lana una vez escardada, y falseaba también el peso de las cargas de trigo, mijo y cebada que entregaba a los comerciantes de cereales.

Abraham mismo sufría de aquellos robos, pero callaba. Mas, como las tierras de pastoreo y siembra de ambos colindaban, los hatos se confundían y cada bando quería contar como suyas las cabezas ajenas, con lo que peones y pastores se enfrentaban a pedradas, llegando más de una vez a las manos, con heridos y contusos, y así el asunto estaba tomando el cariz de una verdadera guerra sangrienta.

Cuando en una de esas peleas hubo dos muertos de su lado, un mayoral y un ordeñador que eran padre e hijo, Abraham se decidió a poner las cosas en claro y se presentó en la tienda de Lot sin dejarse amilanar por el lujo que mostraba en las pieles y almohadones que cubrían el suelo, las cortinas de seda que separaban las estancias, y el esplendor de la vajilla en que una batería de criados sirvió las viandas; mientras tanto el sobrino, sin cuidarse de ocultar su aire de superioridad, se esmeraba en alcanzar al huésped los mejores bocados de su propia mano, y en escanciar su copa.

Abraham fue al grano sin escarceos ni zalamerías: has prosperado a pesar de tu poca edad, le dijo, y eso me satisface como pariente que te ha brindado de buen grado su protección; pero está visto que esta tierra donde moramos ya no nos es suficiente, pues nuestros ganados son muchos, entran a pastar donde no deben, se confunden entre ellos, y los altercados entre tus hombres y los míos ya han dado por fruto desgracias de sangre; así que vengo con la súplica sincera de que te apartes de mí. Ve por la mano izquierda, que yo iré por la derecha, y si no lo quieres así, yo iré por la izquierda, y tú por la derecha. ¿No tienes toda la tierra delante de ti? ¿Para qué andar estrechos, si podemos andar con holgura?

Lot, recostado en los mullidos almohadones rellenos de plumas de calamón, callado hasta entonces, respondió: está bien, tío, me separaré de tu vecindad, e iré por la derecha. Lo cual quería decir que elegía el valle del Jordán, donde abundaba el agua, mientras a Abraham le quedaban algunos trechos de pasto y verdura entre los llanos salitrosos sembrados de charcos de asfalto, extendidos hasta el Lago Salado, que de haber Sara estado allí presente habría dicho a su marido, llena de burla desdeñosa: está visto que sabes elegir, al otro le dejas el vergel y tú escoges el erial, flor que tocas la deshojas.

Y antes de irse, ya de pie, una vez concertado el trato, aconsejó Abraham a su sobrino: no quiero meterme en tus asuntos, pero lo que mejor te conviene es escoger una doncella de merecimiento y casarte de una vez por todas, ya sabes que no es bueno que el hombre esté solo porque entonces le vienen pensamientos necios sobre la mujer ajena, sobre todo cuando uno se ve rico y poderoso y empieza a creer que lo que no pudo antes se le allanará ahora sin dificultad, eso siempre conlleva peligros de los que es mejor guardarse.

Todo aquello lo expresó de manera muy paternal, sin tono alguno de amenaza; pero cuando regresó a su tienda, mientras jalaba por el cabestro al burro que había montado para llevarlo al pesebre, dijo mordiendo las palabras, sabido de que Sara lo oía: si vuelvo alguna vez a verlo cerca de mi tienda, y peor si con un regalo suntuoso en las manos, así como antes con una jaula de torcaces o abubillas, su vida valdrá para mí tanto como el polvo de mis sandalias. Y entonces ella se estremeció, sabiendo que cuando un hombre, no siendo por su natural aficionado a querellas y pendencias, habla así, no habla en vano. Y es que Lot, hasta que Abraham trazó aquel cerco alrededor de ella, solía regalarle jaulas de carrizos que él mismo trenzaba, con una torcaz prisionera que él había cazado, de color cenizo y collar blanco, o un pichón de abubilla, con su airoso copete naranja moteado de negro.

Fuera o no debido al miedo que le inspirara la reconvención, Lot buscó y encontró mujer cuando fue a asentar su tienda cerca de los muros de Sodoma, tras cambiar de rumbo y retornar sobre sus pasos hacia la mano izquierda, ya con intenciones de dedicarse al comercio, y nunca volvió a inquietar a Sara. No, se dice ella, sacudiendo con vehemencia la cabeza, si Abraham creía que sobre Lot y los suyos se cernía amenaza de exterminio, no iba a abandonarlos. A pesar de todo, existía de por medio una lealtad de sangre, ya había sido probado cuando ocurrió la guerra de cuatro reyes contra cinco, una de tantas, entre estos últimos los de Sodoma y Gomorra.

Que entonces sobrevinieron la devastación y la ruina es poco decir, y como en aquellos campos de batalla cercanos al Lago Salado había abundantes pozos de asfalto, ambos bandos echaban en ellos tanto cadáveres de hombres como de caballos que se pudrían cubiertos de aquella espesa baba de betún. Y sucedió que tras un saqueo a Sodoma, tropas de los cuatro reyes arrasaron con las tiendas de Lot y lo tomaron prisionero junto con Edith, recién casados como estaban. Los sirvientes que se libraron de la degollina fueron conducidos cargados de cadenas junto con su amo, y uno que logró huir vino a avisárselo a Abraham.

Apenas oyó que su pariente se hallaba cautivo, armó a sus criados como pudo con instrumentos de labranza, azadones, y hoces, más algunas lanzas y espadas, ante la alarma de Sara, si no sabes empuñar una lanza ni menos una espada, ni sabes cargar contra el enemigo a lomo de un caballo ni conoces lo que es un carro de guerra vas y te metes en esto, no sabré yo si no eres dejado para semejantes asuntos; pero él no atendió, quitó la mosca de su cara y subió resuelto a su cabalgadura a la cabeza de su ejército improvisado, puso asedio al campamento donde tenían preso a Lot y a los suyos, presentó buen combate y logró rescatarlo, y lo mismo a Edith, separada por uno de los capitanes para hacerla su concubina, liberó también a la servidumbre, y asimismo recuperó los cuantiosos bienes tomados como botín.

Cuando Lot se vio libre dio las gracias a su tío con mucho embarazo, por todo lo que antes había pasado entre ellos, y al tercer día apareció un criado suyo delante de Abraham diciéndole: manda mi amo entregarle este talego y pide que cuente las piezas, son cuatrocientos talentos de plata. ¿Y eso vale para él mi vida, que empeñé por salvarlo?, lo oyó decir Sara, regresa con ese dinero y dile a tu amo que ni su propia vida treinta veces treinta vale lo que vale la mía, y dile también que yo no fui a salvarlo como mercenario, sino como pariente suyo, y que las cosas entre nosotros siguen como antes. Y el criado, azorado, recogió la talega y se retiró de su presencia sin darle la espalda.

Entonces acudió Sara: devuelves el dinero, está bien, pero no debes tomarlo a mal, quiso apaciguarlo. ¿Y cómo crees que debo tomarlo?, dímelo tú que en todo metes las narices. Es una forma de agradecer tu gesto, lo que pasa es que por su juventud se comporta de manera torpe. Tú que recibías de él torcaces y abubillas lo conocerás mejor, ripostó él. Una manera incorrecta de conducirse, ya lo sé y te lo repito, pero hay en ello cariño de por medio para ti. Cuando quiera tus sabios consejos espera a que primero te los pida, dijo Abraham, y ahora aquella mosca invisible lo que recibió fue un verdadero manotazo. Ya no hablo más, pero sólo te digo que si de tu parte tampoco le tuvieras cariño, no hubieras corrido a salvarlo.

Las dudas se prestaban fortaleza unas a otras en la mente atribulada de Sara, como carneros trabados por los cuernos. Si era el caso de que aquella calamidad anunciada con tanto alarde de palabras por los mancebos viniera a resultar cierta, ¿cómo haría Abraham para demostrar que Lot era el justo por quien valía la pena preservar dos ciudades enteras? Un padre de familia como cualquier otro, un mercader de géneros, sin fama de virtudes ni cualidades, y a lo mejor aficionado igual que antes a las mismas artes de engañar en cuanto al tuyo y el mío, sus balanzas de pesar la lana virgen amañadas, diez varas de paño que no eran diez varas de paño, un tinte que no era firme sino que se desleía apenas lo tocaba el sol, una túnica que se encogía en cuanto le caía la lluvia.

El mancebo bien podría decir: ¿ése?, ya lo conocemos, si antes esquilmaba a los incautos cuando cosechaba y pastoreaba, hoy que transa al por mayor y menor ha afilado mejor sus uñas; o también: ¿sólo porque es tu pariente?, no valen aquí parentelas ni amistades, búscame un justo de verdad, o todos, sodomitas y gomorreos, estarán perdidos sin remisión ni consuelo tal como ha sido ya decretado.

Siete

Los sintió irse, y entonces salió del escondite detrás de la cortina para asomarse al umbral de la tienda. Abraham y los tres mancebos andaban a paso apurado hacia el recodo de la carretera que conducía a Sodoma, más allá del encinar con sus árboles agobiados por la arena que las frecuentes tolvaneras dejaban en sus hojas.

Al llegar al recodo se detuvieron. Uno de los mancebos se había agachado para amarrarse la correa de una sandalia. Pero mientras los otros lo aguardaban, de pronto se evaporó en el aire, así, sin más. Sara lo creyó una equivocación de sus sentidos, o efecto del deslumbre candente del sol de la media tarde. Hizo sombra con las manos para cerciorarse. No, ya no estaba allí. Abraham, que también lo había notado, preguntó algo al que ya sabemos se llama Rafael, y cuando tuvo respuesta pareció quedar conforme, como si el otro le hubiera dicho: Gabriel se ha ido porque su misión era anunciarte el parto de Sara, y ahora, que ya cumplió con lo suyo, su presencia no es necesaria, pues para lo que vamos a hacer basta y sobra con la fuerza y poder de dos de nosotros.

Esa desaparición súbita, igual a la del Niño ovejero, forma asumida por el Mago la primera vez que dio en manifestarse delante de Abraham, y ya hablaré luego de eso, hizo pensar de nuevo a Sara en que se las veía con el ilusionista más hábil por ella conocido, de artes superiores a los que abundaban en la plaza de Baal. Aquéllos saltaban hasta posarse sobre las almenas y las cornisas, caminaban descalzos sobre lechos de brasas, orinaban chorros de fuego, curaban a los enfermos de hidropesía sacándoles sabandijas por el ano, y convertían cayados en serpientes, el más común de sus trucos, algo que también hacía el Mago, seguramente por diversión, pero no llegaban a esfumarse en el aire. En recompensa de sus prodigios recibían unas cuantas monedas de quien quisiera dárselas, y jamás amenazaban con calcinar a la gente en un mar de lava, porque de ser así nadie volvería a acercárseles y morirían de hambre.

Y aunque Sara siguiera empeñándose en creer que aquello de aparecer y desaparecer, presentarse unas veces en la figura de tres emisarios y otras veces dos, no eran sino suertes de encantamiento, sus temores, insistentes y molestos, ahora como voces cascadas de viejas maldicientes, le hablaban al oído: ahí van ya, camino de Sodoma, y mientras ellos se alejan con paso resuelto, tú aquí confiada en la inocencia de sus amenazas. ¿Y qué si viniera a suceder que todo lo que ese mancebo ha notificado con lujo de detalles no se queda solamente en palabras vanas? La desconfianza es muestra de prudencia, te conviene desconfiar, mira, alza los ojos al cielo y convéncete por ti misma.

Hacia occidente avanzaba una procesión cerrada de nubes que no eran oscuras como las que anuncian tormenta, sino púrpuras, teñidas en los bordes de un encaje escarlata; y al tiempo que aquel tropel de fuego se alejaba con certera lentitud en dirección al Lago Salado, hacia las ciudades sentenciadas, la tierra exhalaba por sus poros un vapor pestilente, como el sudor de fiebre de un animal enfermo.

De pronto, todo volvió a ser como antes. El aparato amenazador que conmovía los cielos, sacado de las manos del Mago impaciente, se deshacía en la nada, igual que el Niño ovejero, e igual que el mancebo mientras se amarraba la correa de la sandalia. Otra vez el aire cálido de la tarde soplaba perezoso moviendo las ramas de los encinos. El mismo viejo olor a pelambre de las cabras y los becerros encerrados en el corral llegaba familiar a sus narices, junto con el de la bosta fresca, y el cielo desnudo volvía a resplandecer de uno a otro confín. El acto de prestidigitación había terminado, pero ninguno de los ilusionistas de la plaza de Baal era capaz de causar un trastorno semejante.

Sea que has hallado una nueva manera de divertirte conmigo, sea que sólo me quieres llenar de miedo pensando que las mujeres son fáciles de atemorizar, o sea que tratas de mostrarme que hablas en serio, por sí o por no, más vale prevenir que lamentar, dijo Sara; y mandó a uno de los criados enjaezar la acémila que solía montar cuando viajaba a Sodoma para hacer la compra de provisiones y de paso visitar a Edith.

Agar la vio irse, intrigada, porque nunca viajaba sola; o la acompañaba ella misma, o alguna otra de las esclavas, y siempre iba un arriero por delante. Pero enfriada la intimidad entre ambas debido a los litigios ocurridos, no se había atrevido a preguntar nada a su señora. Supuso ella que iría a Sodoma, pues atravesó el encinar a trote apurado.

Montada a la mujeriega espoleaba con los talones al animal, de tan poca alzada que sus sandalias casi rozaban los pedruscos de la vereda. No quiso tomar la carretera para no dejarse ver de la comitiva de a pie que iba por delante, y como conocía bien la maraña de senderos que también conducían a Sodoma, estaba segura de alcanzar las murallas bastante antes que los otros.

Ellos llevaban encima de sus cabezas la máquina de nubes encendidas que navegaba sin escándalo de ruidos, tanto más silenciosa cuanto más amenazante, y Abraham alzaba constantemente los ojos hacia aquella fragua con el alma encogida, sin atreverse a preguntar nada. En cambio, para Sara el cielo diáfano no enseñaba ahora perturbación alguna. A lo mejor el Mago la apartaba de esa visión de amenaza porque quería que volviera grupas, que se despreocupara, nada malo va a ocurrir, Sara, estarías mejor en el rincón de la tienda hilando en tu rueca, en tu cocina lavando los cacharros, en el corral aguando las ovejas, y te digo de paso, la próxima vez no vuelvas a hacerme esa mala pasada de ponerme mantequilla rancia en el plato, y menos carne chamuscada, mira que te lo advierto por tu bien.

Si eso le hubiera dicho el Mago, vuélvete en paz, Sara, atiende la advertencia de tu esposo y no metas las narices donde no debes, y ya ascendía ella al trote la cuesta de una colina desde donde eran visibles en primer plano las terrazas de los viñedos y los olivares en las parcelas salvadas de la desolación del salitre, y más allá, junto a la franja nebulosa del Lago Salado, las torres, las cúpulas y los muros almenados de las dos ciudades veladas por la bruma de la resolana, simplemente habría contestado: sólo voy y vuelvo, hago lo que tengo pensado, que no es asunto de nadie sino mío, y regreso por donde he venido, no pienses que voy a quedarme en Sodoma para comprobar si es cierta o no toda esa insensatez que se solazan en proclamar con pelos y señales tus enviados, esos mozalbetes tan pagados de su arrogancia, y, según se ve, enfermos de la cabeza, pues a nadie en su sano juicio se le ocurriría urdir calamidad semejante, de lo que no sería capaz siquiera el rey ese del que cuentan los historiadores de la escalera en la plaza de Baal, que mandó a degollar a espada a todos los niños, arrancados de los brazos de sus madres, porque buscaba a un recién nacido que, según su locura senil, amenazaba su poder.

Entraría por la puerta de los Cardadores, llegaría hasta las colinas de Arfaxad, y urgiría a Lot a cumplir sin dilaciones lo que ella iba a indicarle, ya no eres el imberbe que solía regalarme jaulas de torcaces y abubillas, sino un hombre hecho y derecho que debe volver por los de su casa, ya ves, es la primera vez que hablamos a solas después de tanto tiempo, y que no se dé cuenta Abraham porque volvemos a las mismas, escucha entonces y no te desvíes un solo paso de acatar lo que te dicen mis palabras, no es asunto de que me creas o no me creas, así que mejor dejemos las dudas para después.

Pero mientras la acémila tropezaba con los guijarros al bajar la colina, Sara no pensaba ya en

Lot, sino en Edith. Existía entre ellas una intimidad que les permitía confiarse sus rabias y sus pesares, muy distinta a la que tuvo en un tiempo con Agar, que si la escuchaba era en su condición de esclava, y así sus confesiones se iban dentro de ella como en un pozo sin ecos.

Habían pasado varios años desde que Abraham la había entregado en brazos del Faraón, y desde entonces se cuidó de guardar aquel episodio vergonzoso bajo cerrojo. Con Agar para qué remojarlo, si era ella la esclava principal que le habían asignado en la corte, y conocía como nadie las minucias de su vida de concubina real. Fue con Edith con la única que luego había podido desahogar su humillación y su descontento, jamás apagados del todo, y Sara era a la vez la única en saber que Edith tenía un amante en Sodoma. Quedará para después lo del amante, cuyo nombre era Eber.

El recuerdo de su cautiverio en Egipto, porque no había sido otra cosa, llegaba siempre a ella con resplandores de cólera, y así mismo regresaba ahora, cuando la acémila trotaba a gusto por la llanura, siguiendo por un sendero de pastoreo de cabras, uno de los más apartados, pero por donde se podía llegar a Sodoma sin necesidad de ir vadeando los pozos de asfalto que se abrían en grietas, formando arroyos oscuros que se prendían a veces en llamas como si el ardor del aire los inflamara.

Pero en su cabeza se descorrió otro velo; ya volvería a lo de su cautiverio convertida en concubina del Faraón. Detrás de ese otro velo descorrido estaba el Niño ovejero. Porque todas las desgracias de su vida provenían de aquella primera vez en que el Mago se apareció delante de Abraham en la figura de un niño de ocho años. Ocho, o tal vez diez, le había contado Abraham tiempo después, imposible calcular con certeza, era de madrugada, y la luz aún difusa.

Abraham regresaba de cortar leña y se dirigía al campamento que Taré había levantado en las afueras de Harán, tras huir de Ur. De pronto oyó un repicar de esquilas, y un rebaño de ovejas apareció en sentido contrario. Atrás, entre el polvo amarillo que alzaban con sus pezuñas, venía un pastorcito con su cayado. Abraham, con el haz de leña en la cabeza, se apartó a un lado del camino para dar paso al rebaño, y en pos de él pasó el pastorcito que ni siquiera volteó a mirarlo; pero cuando iba a reemprender su marcha, se extrañó de que el tintineo de las esquilas hubiera desaparecido, viró la cabeza, y allí no había ni ovejas, ni polvareda, ni pastor. Y, de pronto, el niño se hallaba frente a él, y con cierto ímpetu de violencia le clavó el cayado en las costillas, ordenándole: doblega tu rodilla delante de mí, y agacha tu cerviz. Y Abraham puso su carga en el suelo, se arrodilló, y humilló la cabeza.

Cuando tiempo después supo de aquello por boca de su marido, los dos desnudos en la tienda bajo las pieles de carnero del lecho una madrugada fría, ya lejos de Harán, porque habían comenzado su viaje errante, Sara no terminaba de creerlo. ¿Arrodillarse delante de un mocoso, rebajar la cabeza en su presencia, a cuenta de qué? Sentí temor, se justificó Abraham, como ya te dije, la polvareda se había aplacado, no se veía una sola oveja en el camino, ni huellas de sus pezuñas, ni nada parecido. ¿Es que no existieron nunca las tales ovejas?, preguntó Sara. Fue como si el Niño las hubiera creado para mí nada más, respondió Abraham. Un niño que se permitía darte órdenes, así sin más. No es lo mismo contarlo que vivirlo, sale de la nada, se me planta enfrente, y a pesar de que me hacía daño con el palo, como si tuviera la fuerza de un hombre, ten en cuenta que su mirada era triste, y parecía suplicarme. Un niño, y todo lo que nos ha pasado desde entonces por causa de un niño, había dicho ella con desdén. No un niño, Sara, el Niño, había respondido Abraham.

Allí estaba, arrodillado en el polvo delante del Niño que no le quitaba el cabo del cayado del costillar, dispuesto a impartirle las primeras órdenes de las muchas con que en adelante lo agobiaría, y a endilgarle las primeras mentiras de las muchas con que en adelante lo empalagaría: dejarás atrás tu tierra, dejarás la casa de tu padre, dejarás tu parentela y te irás a la tierra que yo mismo te mostraré, hasta aquí las órdenes; y en cuanto a las mentiras, las de siempre: serás semilla de una gran descendencia, haré de ti una nación entre las naciones, de ti saldrán reyes, y yo sostendré sus coronas sobre sus cabezas, colmaré a los tuyos, y a tus enemigos los aplastaré bajo mi calcañal como nido de sierpes malignas.

Y Abraham allí, con la cabeza abatida, sin atreverse a preguntar por qué ese lugar donde debía ir era Canaán, no haberle dicho: ¿qué tierra es esa que yo no conozco, más que por la fama que tienen sus habitantes de ser gente hostil y belicosa que repudia a los extranjeros?; sin atreverse a ripostar: mira dónde me estás enviando, a la boca del lobo, de qué cuenta voy a lanzarme de cabeza al peligro, y quién quita a mi muerte; o al menos haber indagado si debería irse solo o llevarla consigo a ella, su mujer, un recién casado, ¿y de mi esposa no me dices nada? ¿Entra ella en la cuenta de mi parentela que debo dejar atrás?

Aquella noche de tanto frío, camino de Canaán, Abraham le había hecho su confesión en un murmullo, como temiendo ser escuchado; y a pesar de que ella acariciaba su pecho, en el que apenas empezaba a despuntar el vello, animándolo a seguir, él ya no quiso, y en cierto momento le dio las espaldas, lleno de repentino fastidio. Sólo días después continuó con la historia, sin que ella le preguntara nada, mientras cenaban a la caída del sol, una vez terminada de asentar la tienda en un nuevo paraje del camino adonde llegaron al atardecer, cuando una nube de murciélagos se cernía sobre los racimos de dátiles maduros de un palmar solitario. Empezaba a conocerlo bien. La insistencia lo exasperaba, a veces hasta despertar su cólera; pero cuando ella se hacía la desinteresada, habiendo algo pendiente entre ambos, venía de su propia cuenta a comer de su mano.

No es que no me atreviera a preguntarle al Niño si debías o no debías venir conmigo, le dijo de pronto, con sonrisa tranquila, lo que pasa es que no hubo tiempo, una vez me hubo declarado y ordenado todo aquello, simplemente se esfumó, tan de pronto que dejó entre el polvo el cayado con el que me punzaba las costillas, y cuando quise recogerlo se convirtió en una serpiente que huyó reptando entre la hojarasca. Truco viejo, común y silvestre, rezongó ella, lo saben hasta los aprendices. Pero él siguió, sin hacerle caso: cavilé mucho sobre ese asunto desde que iba de regreso a la tienda de mi padre, cargando el haz de leña, y pensé: si el Niño me está prometiendo una descendencia que se multiplicará por la faz de la tierra, de la que según asegura saldrán reyes, ¿podré yo solo, sin mi mujer, engendrar prole alguna? Sara se rio a carcajadas ante semejante salida. Ese razonamiento es de una lógica contundente, podría haberle dicho, o una verdad como una catedral; pero está visto que no existía en aquel tiempo la palabra lógica, ni tampoco las catedrales.

Entonces, una vez dejado el haz de leña en el leñero, la había llamado aparte con todo sigilo, y lo que le dijo fue: voy a levantar mi tienda y me iré contigo lejos de mi padre, porque pienso que llegó la hora en que debo buscar fortuna por mí mismo, no puedo seguir dependiendo de sus favores y caprichos; algo que a ella le pareció natural, un hombre casado, por corta que sea su edad, debe procurar su independencia y librarse de la vergüenza de seguir siendo hijo de dominio.

No le había dicho: voy a levantar mi tienda porque un niño desconocido, pastor de un rebaño de ovejas que luego se desvanecieron, me lo ha ordenado, sin dar tiempo a ningún coloquio porque se desvaneció también, y, encima de todo eso, el cayado que dejó en el suelo se convirtió en una serpiente; puesto que, de salirle con eso, ella lo habría juzgado semejante a uno de esos poseídos que, a veces desnudos, ventilaban a grandes voces sus disparates en el atrio del templo de Sin, importunando a los promesantes que mejor huían de su cercanía; ni tampoco se lo dijo así a su padre, aunque sabía que de cualquier manera que se lo hiciera saber lo tomaría a mal, sino: padre, he llegado a la edad adulta y es hora de que tome a mi mujer conmigo y busque otras tierras y otro destino.

Taré, que almorzaba a esa hora, y ya iba por el tercer tazón del potaje de garbanzos con entrañas de un cordero sacrificado de orden suya, porque se había quebrado una pata al caer en un barranco, sin dejar la cuchara, le respondió: quítate de mi vista, vete, y déjame comer en paz. Era una forma de repudiarlo, ya se sabía, pues no estaba en su costumbre gastar saliva en letanías, amargo sea tu pan y podrida de gusanos el agua que bebas, tú y toda tu descendencia hasta la consumación de los tiempos. Siguió comiendo, agotó el tazón, y aún pidió que le sirvieran un cuarto, y tras vomitar todo lo que tenía en las tripas, murió esa misma noche, algo que ocurre con no poca frecuencia a los coléricos, que terminan reventando por dentro y arrojando sangre negra por la boca, las narices y el ano.

Una tercera cólera aquella que sufría el orgulloso Taré, ahora fatal, habiendo sido la primera, si nos acordamos bien, causada por el pleito a muerte con su hijo Arán debido al asunto de los encinares; y la segunda, de la que hasta ahora hay oportunidad de dar noticia, cuando su otro hijo, Nacor, el cumplido e industrioso, lo abandonó para regresar a Ur y tomar por esposa a su sobrina Milca, con la que ya estaba desde antes en tratos amorosos, hija nada menos que de aquel Arán, su vástago enemigo, y hermana por tanto de Lot. Tres hijos maldecidos y repudiados por su padre, que ahora quedaba atrás sepultado en la hendidura de la ladera de un monte, cerrada con un túmulo de piedras.

El Niño no volvió a dar señales de su presencia, ni chiquita ni grande, pero Abraham no descuidó las instrucciones de dirigirse hacia la tierra de los cananeos, después de dividir equitativamente la herencia con sus dos hermanos, a quienes llamó a su lado; consumado el funeral vendieron al mejor postor las tierras y se repartieron los ganados y los esclavos. Y Arán dio permiso a su hijo Lot para que se marchara con Abraham, porque el muchacho no quiso regresar a Ur, prendado como seguía de Sara.

Puso muchos bemoles el tío para impedir que lo siguiera el sobrino, si comenzaba por desobedecer al Niño mal acabaría todo aquel asunto, ya había decidido excluir a Sara del mandato, ¿y ahora también Lot?; pero ninguna de sus excusas podía ser tan fuerte y valedera como para hacerlo volver con su padre, desde luego que se hallaba impedido de revelar a nadie las órdenes recibidas. Así que se dijo: a lo mejor cuando el Niño habló de parentela se refería a parientes adultos, apenas aparezca de nuevo le pregunto al respecto, y mientras tanto doy su callada por consentimiento; de resultar lo contrario, mandaré de vuelta a Lot con uno de los criados.

Así que Abraham alistó su caravana y partió hacia tierras de Canaán, y tras varias jornadas de viaje fatigoso levantó campamento en un punto a media distancia entre el monte Hebrón y las llanuras de Sodoma, un sitio que escogió echando suertes, pues ya se sabe que no había recibido instrucción ulterior alguna de parte del Niño.

No existe peor oscuridad que la del pasado, sobre todo tratándose de un pasado tan remoto; hay que hacer de cuenta que se anda a ciegas por los laberintos de una caverna, y no hay manera posible de pisar en firme, o de evitar darse contra las paredes de donde destila esa humedad pegajosa que es el olvido. Cada laberinto es una lejana noticia, a veces una suposición; reina en esa cueva la incertidumbre, y no pocas veces aparece la imaginación, que ha entrado por acaso en esas oquedades sin fin con el revoloteo incierto de un estornino desconcertado.

Por ejemplo, viene y se entromete una de esas historias divergentes donde se sostiene que a la hora de emprender el viaje Lot estaba casado con Edith, y habían nacido sus dos hijas, con lo que, además de las dificultades que trae consigo la falta de congruencia, otra vez nos enfrentamos al espinoso asunto de las edades de los personajes.

Pues eso querría decir que ahora, cuando Abraham va a pie por la carretera en compañía de los dos mancebos que llevan aquel plan de destrucción y ruina en sus cabezas, y Sara apura a la acémila para adelantarse y llegar con tiempo holgado hasta el hogar de Lot, Edith debería ser una señora que peinaba canas, obstáculo en nada mayor, si lo vemos bien, para echarse un amante en una ciudad sin freno ni recatos como aquélla; pero sus dos hijas serían unas cuarentonas y no esas muchachitas núbiles, que una vez alejadas de Sodoma van a jugar, faltas de toda vergüenza, el papel comprometido que luego diré, respecto a su progenitor.

Es más conveniente por tanto, a todos los efectos, la versión de que Lot, para el tiempo de aquel viaje, era todavía un muchacho de catorce a quince años, perdidamente enamorado de la esposa legítima de su tío, y quien, convencido de que nada lograría, terminó por buscar mujer entre las sodomitas, encontrando así a Edith, y ahí sí las cosas calzan sin necesidad alguna de forzarlas; las dos hijas no habían nacido en aquel entonces, y aún estaban lejos de nacer.

Si así les parece, sigo entonces adelante.

Ocho

Las escenas avanzaban y retrocedían en la cabeza de Sara sacudidas por el trote de la bestia, lástima no poder decir que como una película manipulada con sobresaltos en la moviola; ¿o por qué no? El cine no está en su cabeza para que sea capaz de semejantes comparaciones, pero sí en las nuestras.

Fulguraba y volvía a la oscuridad el viejo Faraón que salía por una puerta corrediza disimulada en la pared y se presentaba en la alcoba por primera vez delante de ella completamente desnudo, el brillo de su piel untada con aceite que olía a rancio, las uñas de los pies pintadas de verde, la cabeza calva ceñida por una diadema mal ajustada. Adelantaba las manos al andar, como lo haría un ciego, la comba del vientre tensa, como un odre cargado, el miembro ya erecto, tan corto que provocó en ella un amago de risa a pesar de la perturbación de sus nervios, la mano enjoyada que se anticipaba para apartar el velo de gasa que cubría la desnudez de la extranjera cuya belleza tanto le habían afamado, la estocada de su aliento cuando acercó la boca a su cuello, porque para exaltar su virilidad tomaba una pócima de ajos crudos machacados con enebro antes de allegarse a sus concubinas, receta de un médico magrebí, según noticias de Agar. Y, una vez más, el carrete de la moviola de vuelta. Ya saciado, sin haberle dicho una sola palabra, se retira de espaldas, por donde ha venido, el miembro tan corto ya arrugado, y ella impregnada de aquel aceite rancio, de aquel olor a ajos machacados, y la repulsiva sensación del semen aguado que la moja por dentro.

Cuando emprendieron el viaje a Egipto, al Niño se le había ocurrido volver a aparecer delante de Abraham para indicarle lo que seguía, si tendría buena fortuna, o lo perseguirían las calamidades, que son las que por fin vinieron, pues llegó un año en que la sequía quemó todas las simientes y de las eras sólo se alzaba en tolvaneras el polvo que llenaba la boca, las narices y los ojos, el mismo rigor de la tierra cuarteada dondequiera que acamparan, los arroyos agostados, en mitad de los caminos animales muertos o agonizantes dejados atrás por las caravanas, los buitres numerosos como pavesas en el cielo incendiado, y el olor de la carroña que lo infectaba todo, la poca agua que les quedaba en los odres, la poca harina que llevarse a la boca. Parecía como si el desierto avanzara hacia ellos, con lentitud pero sin vacilaciones, y fuera a tragárselos.

Un caminante solitario los alcanzó una tarde. Tenía una nube en un ojo y los pies, de dedos que se encogían como garras, parecían sucios de cagarrutas lo mismo que el repulgo de su larga bata de manta basta. Les dijo que iba en busca de las tierras de Egipto, donde el Faraón había mandado que se abrieran las trojes durante los tres meses que duraban las fiestas de Ast, la diosa madre, dada la abundancia de cosechas y ganados, y de todas partes del reino acudía la gente en caravanas a llenar sus barrigas, además de cuantos sacos, canastos y zurrones pudieran cargar; las panaderías horneaban día y noche panes de cinco palmos, también de regalo; en los estancos cada quien podía llevar un cántaro colmado de vino y volver por otro; se destazaban bueyes gordos en las plazas, tantos que el pavimento rebosaba de sangre; por doquiera olía a grasa de carneros dorándose en las estacas; ánades y ocas hervían en baterías de calderos, y sus plumas, suspendidas día y noche en el aire, parecían copos de nieve.

¿No será también que las aves vuelan ya cocinadas para caer en tu plato y los becerros asados vienen a tu encuentro con el cuchillo clavado en los lomos?, dijo Abraham, con sarcasmo tal que ofendió al caminante. ¿Y los extranjeros?, interpuso Sara con humildad. El de la nube en el ojo respondió, dirigiéndose a Abraham: a nadie le preguntan de dónde viene su boca para saciarla; pero quien no crea que regrese por donde ha venido a comer yeso, o alquitrán, y a beber aguas muertas, como sea su preferencia, concluyó, ya dándoles la espalda. Y entonces, sin vacilar en su resolución, decidieron ponerse con lo que quedaba de su caravana rumbo a Egipto, tras los pasos del caminante.

Y nada del Niño. Hasta que una noche en que dormían a la intemperie, ya cercano el amanecer, Abraham se levantó a aliviar la vejiga, pocos los orines porque poca era el agua que beber, y volvió asustado para sacudir por los hombros a Sara, que despertó asustada también. ¡Ha vuelto!, le dijo, ¡me ha hablado! ¿Quién?, preguntó ella, restregándose los ojos legañosos, y ronca la voz. El Niño, respondió Abraham. ¿Apareció con todo y el rebaño de ovejas?, volvió a preguntar Sara, sin poder evitar la sorna que salía del fondo de la modorra del sueño. No, y tampoco se deja ver, pero yo sé que es él. ¿Y cómo lo sabes? La voz es otra, no es una voz de niño, sino de adulto, pero me ha dado pruebas, porque sus primeras palabras fueron: acuérdate del cayado en el polvo que se volvió serpiente delante de tus ojos y desapareció entre la hojarasca. ¿Y qué te ha dicho después?, preguntó ella, ya llena de curiosidad. Que le levante un altar, respondió contrito Abraham.

¡Un altar!, exclamó Sara, aventando a un lado la manta, e incorporándose como mordida por una alimaña, no tenemos nada para engañar el estómago, y en lugar de proveerte de alimentos, te manda que le hagas un altar, ¿acaso ese Niño, que ahora habla con voz de adulto, se cree digno de adoración, o qué? Es un altar sencillo, nada más tengo que juntar unas piedras, alegó Abraham. Aquí no hay ni piedras, querrás decir arena, dijo ella, ya de pie, arena sí que encuentras de sobra, si pudiéramos comer de ella estaríamos más que hartados. No ha dicho que aquí mismo, quiso apaciguarla, cuando en lo que falta del camino encuentre algunas piedras, allí me detendré, y cumpliré su voluntad; entonces podré hacer el holocausto, porque así me lo mandó: levantarás un altar y me harás un sacrificio.

Sara había llegado al colmo del asombro. ¿Un holocausto? ¿Como a Baal? ¿Y la ofrenda? ¿Acaso te queda un solo becerro, aunque fuera puro huesos y pellejo? Y si por ventura te quedara, ¿preferirías quemarlo en homenaje a ese Niño que ahora ni siquiera se deja ver? ¿Qué vas a sacrificar? ¿A ti mismo, acaso? ¿Vas a meterte el cuchillo en el galillo, vas a lanzarte a las llamas? Las preguntas retumbaban en los oídos de Abraham, que hubiera querido tapárselos con cera, pero siguió respondiendo con mansedumbre, de qué valía alentar una riña, él haría lo que le mandaban, y punto.

Nos queda un cabrito, parece que se te olvida, murió la madre y, sin nadie que lo amamante, ha sobrevivido seguramente porque el mismo Niño lo ha preservado; de todas maneras, es demasiado pequeño y descarnado para que sirva de alimento, y, además, ya poco falta para alcanzar la ribera del Nilo, donde hallaremos las trojes abiertas, y vamos a poder comer hasta decir basta. Sí, dijo Sara, y las aves volarán a tu plato ya cocinadas en su salsa.

Abraham dio dos manotazos a la mosca. ¿Qué?, lo enfrentó Sara, no me digas que te prohibió seguir hacia Egipto porque eso ya sería el colmo, que se oponga y te ordene regresar por donde hemos venido huyendo de la hambruna. No, respondió Abraham con parsimonia, no pronunció palabra acerca de Egipto. ¿Y de la promesa aquella de riqueza y descendencia abundante? Tampoco, tras ordenarme el asunto relativo al altar y al holocausto ya no dijo más, y entonces entendí que se había ido.

Sara se alejó a aliviar también la vejiga, para qué seguir discutiendo. Mi marido está loco, me casaron con un loco, voy siguiendo a un loco, se dijo mientras la arena iba absorbiendo sus orines, y la luz naciente aclaraba con un tinte muy tímido las dunas que comenzaban a aparecer en el horizonte, una tras otra, como si fueran infinitas, y detrás de ellas no existiera nada que se llamara Egipto, ningún río que se llamara Nilo, siguiendo a un loco, o a un estúpido, da lo mismo, más niño que el Niño caprichoso que merodea en su cabeza, la locura y la estupidez se parecen a la inocencia, pero por cualquiera de los dos caminos se va a la perdición, y yo voy de cabeza a la mía amarrada de pies y manos.

Apenas encontró piedras suficientes en un punto de la marcha, Abraham cumplió con lo prometido a la voz de adulto del Niño. Sara lo miraba hacer de lejos. Levantó el altar, un pequeño túmulo que tan pronto como se alejaron de allí el viento cubrió de arena para sepultarlo en el olvido; halló también ramas secas, preparó la pira, degolló el cabrito, regó primero la sangre sobre las piedras, y tras descuartizarlo prendió fuego a las piezas, mientras los buitres se disputaban con furia las vísceras.

Al atardecer, sus pies pisaron hierba fresca después de mucho tiempo. Sara, como si se tratara de un placer desconocido, respiraba el aire que olía a lodo y a humedad, y miraba con deleite el cielo benévolo, y los barrancos de los que surgían en tumulto las adelfas, los extensos campos sembrados de avena, habas y lentejas, los trigales de espigas maduras, los búfalos pastando el forraje que crecía entre el fango, los tendales donde se secaban los bagres abiertos en canal, las palmeras cargadas de racimos de dátiles con los que empezaron a saciar el hambre, y bebieron de bruces en una de las tantas pozas dejadas por la creciente del río que ahora parecía un inmenso lago que destellaba con inquieta alegría.

Alcanzaron la otra ribera en una balsa de troncos de palmera, apretada de gente, ovejas y aves de corral, y al desembarcar perdieron de vista al caminante que hasta entonces les había hecho compañía. La carretera por la que iban ahora se nutría cada vez más de viajantes, la mayor parte mercaderes, porteadores, palafreneros, soldados francos, clérigos del culto de la diosa madre conducidos en literas bajo palios, precedidos por escoltas que apartaban a palos a los viandantes, caravanas de asnos y camellos, y piaras de cerdos que chillaban a cada varazo. Los soldados se acercaban a las mujeres que cargaban tinajas de aceite para hablarles al oído, y estallaban las risas. Por aquel tráfico tan profuso podía adivinarse que los muros de Menfis, la capital del reino, se hallaban cerca.

Ella marchaba un tanto rezagada, cuando Abraham vino desde adelante para aparejarse a su lado. Y fue esa vez cuando le dijo: ¡Sara, Sara, cuán injusta es mi memoria que me aparta de la majestad de tu hermosura! ¡Hace un rato, cuando nos inclinamos para beber en la poza, vi tu rostro que temblaba reflejado en el agua, y entonces he temblado yo de deseo! ¿Y eso?, ¿qué mosca te ha picado?, se rio Sara muy complacida, hace mucho tiempo que no te escuchaba entonar mis alabanzas; y al reír enseñó su dentadura tan perfecta, nada de portillos ni muelas cariadas capaces de viciar su aliento, y si de olores se trata, tampoco el sudor se agriaba nunca en sus axilas.

Una mujer de una belleza que resultaba aún más atractiva y enigmática bajo la leve capa de polvo calizo que habían dejado sobre su rostro los remolinos de viento en el último trecho del camino. Tan hermosa, que puedes llegar a ser mi perdición, dijo Abraham, acercándose a su oído, y Sara se sintió más halagada aún: siempre has sido un amante atolondrado, y si has llegado a perder la cabeza en el lecho yo también, pero ya ves que siempre la hemos recuperado cuando quedamos saciados el uno del otro, mas no son horas para hablar de estos temas en plena vía pública, mira cómo me sonrojo.

No me refiero a esa clase de perdición, dijo Abraham, sino al mal irreparable que esa hermosura tuya puede traernos apenas traspasemos los muros de la ciudad que ya se ven allá lejos, donde habita y manda el Faraón. Explícate mejor que no te entiendo, dijo Sara, ya intrigada. Cuando hayamos entrado a la ciudad te verán todos, alabarán tu hermosura y se harán lenguas de ella. ¿Y eso te molesta acaso? ¿Acuchillarás a alguien porque se atreva a hacerme algún requiebro? Lejos de mí, dijo Abraham, pero esos mismos que te alaben irán delante de los esbirros del Faraón a decirles: en la plaza de los camellos, o en la plaza tal, acampa una pareja de extranjeros bastante derrotados, pero la mujer aturde con su hermosura. Entonces el Faraón, que todo lo puede, te querrá para él, y primero mandará a matarme a mí, que soy tu marido.

Entonces mejor demos la espalda a esos muros, porque no sólo tú morirías, sino yo también, forzada a ser concubina del Faraón, pues sería igual que la muerte; así que prefiero errar otra vez por el desierto y que dejemos allí los huesos para que los limpien los chacales. Hay una solución, dijo

Abraham. No veo ninguna otra, respondió Sara. Claro que la hay: cuando pregunten por ti yo diré que eres mi hermana y no mi esposa, ya con eso el Faraón no se preocupará de mí. Ahora entiendo menos, dijo Sara. Yo no moriré a manos del verdugo, y tú no morirás de hambre porque en el palacio del Faraón lo tendrás todo, y al ser tomado por tu hermano, algo de tu bonanza me alcanzará a mí.

Sara se detuvo en medio del camino. Los muros blancos de la ciudad eran ya visibles en todos sus relieves, las almenas, los guardas en los torreones, la gente que yendo y viniendo se atropellaba en la puerta por la que les tocaría entrar, que era la puerta de Anubis. ¿Venderme al Faraón es una propuesta del Niño que no me habías revelado?, preguntó, y las lágrimas nublaban sus ojos. El Niño nada tiene que ver, es una idea que me ha venido a mí. Peor entonces si es una cosa tuya, porque quiere decir que por ti mismo has urdido un plan para prostituirme, y eso significa que has dejado de quererme, que todas esas alabanzas de mi hermosura no eran sino falsía. Tienes que ser razonable, Sara, suplicó Abraham, si me matan serás una viuda y de todos modos el Faraón te llevará bajo su techo y dormirás en su cama, de eso no te salvas; y sí puedes salvarme a mí de que me cuelguen de las orejas en lo alto del muro de los suplicios antes de abrirme el vientre a rejonazos y dejarme allí para que los buitres me arranquen los intestinos.

No escucharé más razones, dijo Sara, y reemprendió el camino. ¿Es ése un no?, preguntó Abraham, apurándose a alcanzarla, porque ella iba ahora con paso rápido y decidido. Una mujer a la que su marido manda prostituirse, puede hacer lo que en adelante le dé la gana sin rendirle ninguna explicación, puesto que el amor se acabó. No he dejado de quererte, ni lo haré nunca, dijo Abraham. Haz lo que te convenga, di que soy tu hermana y yo callaré, pero eso sí, te advierto que entraré con gusto y gana en el lecho del Faraón; es más, no quiero otra cosa, deséale buena suerte a tu hermana como ardiente concubina del Faraón. No es para tanto, dijo Abraham compungido, cuando ella ya trasponía la puerta y entraban en Menfis, para llamar a esta ciudad de alguna manera, pues ése viene a ser un nombre que sólo recibió siglos después.

En este punto, y antes de seguir adelante, cabe dilucidar un asunto, y es el que se refiere a otra de esas aseveraciones aventuradas que pone a Lot como acompañante de la pareja en este viaje que ahora ha concluido. Se había quedado atrás, nada de que se vino con ellos. Sólo volverían a encontrarse al regreso, unos dos años después. Será que Abraham no lo quiso consigo, por ese incordio de tener siempre pegado a las costillas a un sobrino que pretendía a su esposa; o es que Lot temía la incertidumbre de alejarse hacia otra tierra, aún más desconocida, un temor más fuerte que su testarudo amor por Sara, y prefirió afrontar los rigores de la sequía, al fin y al cabo era un hombre con una sola boca que mantener, la suya propia.

En todo caso, Lot no estaba allí cuando se da esa desgraciada escena entre marido y mujer. Y la razón para derrotar cualquier aseveración en contrario es simple: nunca hubiera sufrido el muchacho, fogoso por naturaleza, que Sara, a la que seguía queriendo para sí, fuera forzada por su marido, bajo alegato de miedo, al papel de concubina en un harén, como hemos podido ver, aunque detrás se escondiera la ambición de riquezas, que por cierto llegaría a ver colmada.

Basta con imaginar a los tres en aquel camino, Lot poniendo oído a la discusión a voces contenidas que ocurría unos pasos delante de él, y cuándo que no hubiera intervenido para tomar el partido de ella. La gresca que entonces se hubiera armado, capaz y acuden los guardianes de la puerta de Anubis, conducen al tío y al sobrino delante del juez de policía, y resulta que los sentencian a sufrir cien azotes en los lomos con el látigo trenzado de nervios de camello, por pendencia en la vía pública.

Nueve

Mientras Sara apura el paso de la acémila azotando sus ancas con una rama de laurel que ha cortado en la vera del sendero que ahora, cuando la visión de las ciudades gemelas condenadas se acerca cada vez más, se vuelve llano y arbolado, recuerda cómo todo ocurrió de la manera en que su marido lo había predicho, vayan por esa extranjera a la que tanto afaman y elevan, que la quiero a cualquier precio, dijo el Faraón desde su trono de malaquita, y allá fueron dos de sus agentes secretos, de un sinfín que tenía para esos menesteres celestinos, a buscarla por todos los andurriales de la ciudad que hervía de forasteros, sobre todo ahora que en Menfis, o como se llame, es cierto que regalan comida en honor de la diosa madre, pero conforme una ración diaria por cabeza, que incluía un puñado de aceitunas, un pan de centeno de cuatro dedos, una escudilla de vísceras de carnero crudas, y un pescado sin destripar, nada de graneros con las puertas abiertas en pampas ni de becerros asados que caminaran hacia uno con el cuchillo clavado en el ijar.

Y en menos de lo que canta un gallo la hallaron en una pocilga de los arrabales donde los viajeros, atosigados por el humo de los fogones, posaban hacinados entre las patas de las bestias de carga, todo aquello sucio y pestilente a basura y letrinas desbordadas.

Mejor dicho, hallaron primero a Abraham, que los oyó preguntar por ella a los que cocinaban sus potajes en los rincones, no sin tirar a patadas al suelo las marmitas, y también a los que levantaban a fuetazos de sus lechos compuestos con andrajos, igual que conejeras. Él se adelantó entonces: yo soy su hermano, en qué puedo servirles, con lo que los agentes secretos cambiaron de semblante y de modales, la amabilidad en persona, y el más viejo de los dos le preguntó qué precio quería por ella, y él dijo cien talentos de plata sólo para empezar el regateo, pero el otro respondió: son tuyos, y agregó, además, menos mal que es tu hermana, que si ha sido tu esposa tendría la pobrecita que soportar su viudez porque nosotros habríamos llevado tu cabeza al Faraón metida dentro de una jaula, y le palmeó la espalda con regocijo, como si se hubiera tratado de una broma, pero ya sabía Abraham que en esa materia no se jugaban bromas, y si hubiera estado allí presente Sara se habría vuelto hacia ella y con la mirada le habría dicho: ya oíste, la próxima vez mejor confía en mi buen juicio. Y una vez cerrado el negocio fue conducido al palacio delante del chambelán mayor, se pesó el óbolo y se lo entregaron.

Lo que sucediera en adelante con Sara, a la que se llevaron en un palanquín, encerrada tras cortinajes de gasa, era asunto que mejor se empeñó en apartar de su incumbencia, aunque debe decirse en beneficio suyo que sin lograrlo, pues las noches que siguieron se las pasó en blanco, la cabeza en desvelo llena de visiones, viendo cómo el Faraón la desnudaba y ella con un mohín de falsa pena se dejaba desnudar, la abrazaba y se dejaba abrazar, llevaba él sus manos a sus ancas y en lugar de recular ella más se le pegaba, caían los cuerpos uno en pos del otro en el lecho ya sin saberse quién era quién de entre ambos, gruñidos de un lado, gemidos del otro, súplicas mutuas que se convertían en procacidades, terminaba ella por atenazar sus ijares con las piernas, y es cuando alzaba a ver a Abraham por encima del hombro brillante de sudor del otro, a mí no me culpes que fuiste tú quien me entregó a este hombre y si me hablas ahora de recato y castidad déjame que me ría, no es ése el papel de una concubina, y si te fijas bien, no hago ni más ni menos de lo que solía hacer contigo.

Y en ese punto, al impulso del resorte de su amargo arrepentimiento, se alzaba Abraham de su propio jergón tan poco hospitalario, buscaba en un rincón del piso de la pocilga el hueco donde escondía la bolsa de los cien talentos, caminaba decidido hasta la puerta, pero entonces se detenía y reflexionaba, adónde vas a estas horas, Abraham, para que te roben en el camino, y si logras llegar a las puertas del palacio lo que conseguirás es que te prenda la guardia hasta mañana, cuando te llevarán delante del chambelán, conque quieres deshacer tu trato con el soberano, muy bien, entonces tu voluntad sea cumplida, confísquese el dinero y vuelva a las arcas del reino, córtele el verdugo la cabeza a este traidor y póngasela en una jaula de fierro con bastante cal para que dure expuesta lo suficiente en la plaza de Anubis, y sea su cuerpo descuartizado y repartidos sus miembros en las cuatro puertas de la ciudad, todo para que así escarmienten los extranjeros de tal jaez y calaña.

Las visiones de lujuria que Abraham se pintaba en su desvelo nada tenían que ver con la realidad de los hechos. Es cierto que el Faraón ordenó conducir a Sara a su alcoba desde la primera noche pasada en el harén, dada la fama de su belleza y dado el precio pagado. Pero bien sabemos por ella misma cómo entró completamente desnudo por la puerta secreta, y sin detenerse en contemplaciones de su estampa ni en coloquios previos para poder admirarla a su gusto, la derribó de inmediato en el lecho y la penetró sin gracia, antes de que el efecto de la pócima de ajos machacados con enebro se desvaneciera, de modo que tuvo ella que tragarse no sólo el olor a ajos y el del aceite rancio con que se ungía, sino también el de sus sobacos y su entrepierna ya que poco se bañaba.

Y tampoco es que le llegara a tomar gran afición, pues tras esa noche, pasada la novedad, Sara quedó inscrita como otra más en el rol de turnos del harén, lo que significa que al Faraón no se le ocurrió cambiar a su favorita, una cirenaica de escasos dieciséis años con fama de corrompida y descarada entre las demás concubinas, lo cual la hacía más atractiva a los ojos del anciano, no siendo éste el caso de Sara, reacia a esos juegos y más bien asqueada de ellos si no era con su propio marido. Una prisionera sexual, como bien podrían afirmar hoy con justa razón quienes buscan abolir todo vestigio de trata de mujeres y comercio carnal.

Abraham, además de los cien talentos, cada vez que se presentaba delante del chambelán a quejarse de su mala fortuna era recompensado con cierta mesura, pues la burocracia, ignorante de los entretelones del harén, presumía a Sara como la nueva favorita, desde luego había sido requerida con tanto empeño y a tal precio. Así se hizo dueño de algunos esclavos, le dieron una partida de asnos, algunas cabras y un par de camellos, y fue proveído de una cédula que le permitía sacar de las trojes reales ciertas cantidades de cereales que vendía al menudeo, con lo cual su pasar no era del todo ingrato, y hasta puede que engordara un tanto dado que no le faltaba el apetito.

Ocurrió algún tiempo después un suceso extraño y desgraciado, y fue que la cirenaica corrompida amaneció muerta en su lecho, el rostro negro como consumido por el fuego, y sin dientes, como si se los hubiera tragado. Esa misma noche, a hora muy avanzada, Sara fue requerida de manera intempestiva por una guardia armada al mando de un capitán, con lo que temió de tal manera por su vida que sintió los orines calientes mojarle las piernas.

La condujeron a través de los mismos pasillos alumbrados por antorchas de resina a otra alcoba, más suntuosa que la habitual, donde había una cama que parecía una barca de proa curva y estirada igual que el pico de un ibis, y encima un palio de color encarnado cuyos cortinajes de gasa se inflaban como un velamen; y muy al contrario de su desnudez de las otras veces, el Faraón la esperaba vestido con un sayal de burda lana, señal de su duelo, paseándose inquieto de un lado a otro de la estancia privilegiada donde hasta entonces sólo había puesto los pies la cirenaica.

Acabo de despertar de un sueño terrible, le dijo acercándose a ella, alguien a quien no vi bien, porque me hablaba en medio de una niebla turbia que se alzaba del río mientras yo paseaba por los jardines del palacio, me reveló que la desgracia de la muerte de la cirenaica es sólo un aviso de que vendrán otras peores; caerá una plaga de gorgojos sobre las trojes del reino, las aguas del Nilo empezarán a oler mal, envenenadas por una mortandad de peces, el trigo se pudrirá en las espigas, y los cuervos se lanzarán furiosos sobre los becerros y las ovejas para sacarles los ojos a picotazos; y dijo más, que esas calamidades las habré provocado yo mismo porque te he tomado por mujer siendo tú casada con el que se hizo pasar por tu hermano.

Sara, que temblaba de pies a cabeza, se puso de rodillas, y agarrando la orla del sayal del Faraón se entregó al llanto, viendo que de allí al patio de las ejecuciones donde sería empalada le quedaba poco trecho por andar, porque si rodaba la cabeza de los hombres, a las mujeres el verdugo las atravesaba con una estaca de punta afilada que les entraba por el ano. No temas nada de mí, quiso apaciguarla el Faraón, y en busca de sosegarse a sí mismo fue a sentarse en el lecho, quien me habló en el sueño me ha dicho que no puedo tocarte ni un pelo de la cabeza, y que más bien debo llenar de riquezas a ese hombre y luego dejarlos ir en paz, todo lo cual haré con tal de librarme de la presencia nefasta de ustedes dos. ¿Es eso cierto, que no es tu hermano, sino tu marido?

Mi Señor, dijo por fin Sara, sin atreverse a alzar los ojos, en cuanto a si somos hermanos o no, no lo somos, y en cuanto a si somos marido y mujer, sí lo somos. ¿Por qué han hecho esto conmigo?, preguntó el Faraón, exasperado. Porque temíamos que de saber mi Señor la verdad mandaría darle muerte a él para así hacerse de mí libremente. Qué necedad, suspiró el Faraón, ve a buscarlo, llevarás una escolta para que te proteja, tráelo a mi presencia y le daré todo lo que quiera pedirme, pero antes de que caiga la noche quiero que abandonen para siempre mis dominios.

Ya iba a ordenar que se cumpliera lo mandado, pero aún la retuvo. Espera, le dijo, tengo una última pregunta. Todas las que mi Señor quiera, respondió Sara, aún de rodillas. ¿Qué tienen que ver tú y tu marido con el que se me ha aparecido en sueños? Es alguien que nos sigue a donde vayamos, y nos protege de todo mal y de todo enemigo, respondió Sara. ¿Pero quién es ese que tiene el poder de matar a la concubina que era la niña de mis ojos, entrar en mi cabeza mientras duermo, y encima amenazarme con mil calamidades? El Mago, dijo Sara. ¿Y por qué ese mago no me previno antes de tomarte, y así habríamos evitado tanta desgracia? No lo sé, mi Señor, nosotros no podemos penetrar en sus designios. Yo los habría despedido en armonía, tu marido de todos modos cargado de riquezas, se quejó. Nos ha escogido a nosotros, entre muchos, como los únicos, y es voluntad suya resguardarnos, es todo lo que sé, mi Señor. Bueno, vete ya y que no tarde tu marido, la despidió con impaciencia.

Tiempo suficiente tuvo Sara de reflexionar sobre esta entrevista con el viejo Faraón, la calva sudorosa, las manos presas de un temblor nervioso, como va reflexionando ahora camino de Sodoma. Fueron tres cosas las que llamaron desde entonces su atención acerca de su propia conducta. Primero, había dejado de llamar niño al Niño, y lo llamaba el Mago, como seguiría llamándolo en adelante hasta el día mismo de su muerte. Lo segundo, se había solidarizado con la conducta vil de Abraham; una vez superado el miedo a ser empalada, había apañado delante del Faraón las indignidades del marido, tal como si fuera coautora o cómplice de aquel fraude que la había llevado contra su voluntad a la cama real; y ahora, tantos años después, seguía avergonzándose de la ligereza con que afirmaba, allí de rodillas: nosotros hicimos, nosotros tornamos, nosotros te engañamos, mi Señor, cuando la principal víctima de aquella mentira indecente había sido ella. Y lo tercero, no había tenido empacho en vanagloriarse frente al Faraón, inseguro y acobardado, el Mago nos protege, el Mago nos ampara, nos ha elegido como los únicos que gozamos de sus favores. ¿Desde cuándo cabía ella en aquella cuenta? ¿Desde cuándo amiga y protegida del Mago?

La comparecencia de Abraham en la sala del trono fue rápida. El Faraón no entró en disputas con él, ni le hizo reclamo alguno, por ejemplo, ¡oh, desgraciado!, ¿por qué dijiste: es mi hermana, poniéndome en ocasión de tomarla por mujer?, ya ves los infortunios con que se me amenaza por tu culpa y la de ella; o peor que eso: ¿es ése tu oficio, andar de reino en reino entregando a tu mujer por concubina de los poderosos, con el truco de anunciar que es tu hermana, y así aumentar tu hacienda?

No quería perder tiempo, estaba visto, pues mientras más pronto se fueran mejor, ya amanecía y aún no habían empezado los cuervos a despeñarse de los cielos en negras bandadas, ávidos de arrancar a picotazos los ojos de los ganados, señal de que el mago aquel, que hablaba entre la niebla, le estaba dando una tregua para despachar el asunto. Simplemente le dijo a Abraham: he aquí esta tu mujer, tómala, y vete; y por medio del escribano le presentó, para que estampara su pulgar, un pliego en el que se comprometía a nunca más trasponer los linderos del reino, tras de lo cual lo envió con el chambelán a escoger lo que quisiera de la cámara del tesoro, de las trojes, de los establos, y de las cuadras de los esclavos.

Y así partieron, escoltados por la guardia real hasta que alcanzaron las primeras dunas del desierto, una larga caravana en la que despuntaban los camellos escogidos uno a uno por Abraham según juventud, porte, resistencia y andadura, cargados de fardos de sedas, brocados, cortinajes y alfombras, lo mismo que cofres de ébano llenos de lingotes de plata y oro que llevaban grabados el cuño del Faraón, y otros topados de joyas de la más intrincada orfebrería; recuas de acémilas agobiadas bajo el peso de los odres de aceite, vino y agua, y sacos de mijo, trigo, lentejas y cebada; yeguas de anchas ancas y trote alegre, la mitad preñadas y la mitad seguidas por sus potrillos; rebaños de vacas de cuernos poderosos y ubres henchidas, que marchaban seguidas por el berreo de sus terneros; y un millar de ovejas, y otro millar de cabras. Y ya paro de contar.

Abraham en persona había examinado también a los esclavos que le traspasaron en propiedad, pastores, mozos de corral, labradores, arrieros y porteadores, comprobando la fortaleza de su dentadura y el estado satisfactorio de los testículos, pues no quería eunucos en su tropa. Y venían otros, finos y elegantes, y a estos últimos, elegidos por Sara a la par de las esclavas, hubo de aceptarlos aunque le repelieran sus modales mujeriles. Se distinguían en el canto de endechas con el címbalo y el salterio, y recitaban epopeyas en dáctilos sumerios; contaban con gravedad unas veces, y otras con gracia y picardía, según la necesidad del asunto, historias de naturaleza similar a la que el lector tiene entre sus manos; hablaban diversas lenguas como traductores certificados de la corte que eran, y nadie les iba adelante en el arte de servir la mesa y escanciar el vino; y a la hora de enredarse en la propagación de infundios, urdir intrigas y entregarse a chismorreos indecentes, llevaban franca delantera a las esclavas.

Por supuesto que Agar, siempre al lado de su señora, era principal en aquel cortejo. Y a propósito de Agar, hay entre las historias que he venido citando, pues me hallo frente a múltiples fuentes de diversa procedencia y antigüedad, una que se empeña en ponerla como hija del Faraón, quien, al dársela a Sara como regalo, habría dicho: «Te entrego la niña de mis ojos, es mejor que mi hija sea esclava en la casa de una mujer virtuosa, que ama y señora de cualquier otra casa».

Esta versión tiene el grave defecto de pecar de fantasiosa, si no es abiertamente ingenua. Aunque crédulo de los sueños que no pocas veces llegaban a dictar sus políticas de Estado, no sería para tanto el miedo que el Faraón le había cogido a las amenazas del Mago, como para llevarlo al extremo de entregar a su hija en condición de esclava a una pareja de vagabundos que van de país en país aprovechándose del mismo truco de hacerse pasar por hermanos con la complicidad de un tercero. Y en cuanto a llamar virtuosa a Sara, honesta, o justa, eso depende de las traducciones, las evidencias indican que a los ojos del soberano no se presentaba ella adornada de semejantes cualidades, una más del común del harén como era, y parte, además, de la trama del engaño sufrido.

Para muestra de fantasías, otro botón. En ese mismo texto, apócrifo por donde se le mire, se afirma que cuando los esposos se acercaban a los muros de Menfis, sabiendo Abraham el peligro que corría debido a la belleza de Sara, la escondió dentro de un baúl, para así pasar frente a los guardias de la puerta de Anubis sin que pudieran verla; pero de todos modos el baúl fue sometido a registro, pues en aquella puerta había un resguardo de aduana, y el contenido del baúl debía pagar la alcabala correspondiente. Y así fue que, al abrirlo los agentes aduaneros, emanó de la belleza de Sara una luz cegadora, la vieron tal como era al despejarse por fin la luz, y comenzó una puja entre los agentes por comprarla. No se resolvió la disputa, que llegó a oídos del Faraón, mandó a comparecer a todos, conoció como juez supremo del asunto, intervino él mismo en la puja, y pagó el precio.

Las incongruencias son obvias. No voy a caer en la trampa de creer a unos empleados públicos de fondillos rotos capaces de ofrecer altas sumas por una mujer, así fuera la más hermosa que nunca hubieran visto sus ojos, si tomamos en cuenta lo magro de sus sueldos, no importa las mordidas que recibieran por hacerse de la vista gorda con los contrabandos.

Además, y por ahí debía haber empezado, unos viajeros que vienen de tan lejos, que han atravesado el desierto acosados por el hambre, obligados a sacrificar en holocausto el último cabrito desmedrado que les quedaba, no se darían el lujo de llevar entre sus pertenencias un mueble de tal tamaño como para que cupiera en él una mujer; y de la luz cegadora que emanaba de la belleza de Sara, mejor ni hablemos, pues lo que de verdad brilla de lejos es la mentira.

Cito otra versión que igualmente se desvía del recto camino: Abraham esparce el cuento ya sabido de que Sara es su hermana, llega la noticia a oídos del Faraón, quien la toma para sí, Abraham recibe el pago, o digamos, el adelanto. Hasta aquí quedo conforme. Pero a partir de ese punto la historia vuelve a ser desvirtuada sin recato. Asegura que en prenda de su amor por Sara, el Faraón puso a nombre de ella sus propiedades, es decir, nada menos que el orbe entero, pues según sus poderes y facultades era dueño absoluto no sólo de Egipto, sino del mundo hasta donde sus sentidos alcanzaran a definirlo.

Que Sara regresara por donde había venido, dueña de un reino sin fronteras, es como para reírse con el mismo ánimo que ella suele hacerlo. Luego, se cuenta allí mismo algo espinoso. Cada vez que el

Faraón la llamaba a su alcoba, el Mago, sin dejarse ver, estaba listo para golpearle las nalgas con un palo y hacer que se apartara de su contacto, sin permitir nunca que la tocara; insistió todavía más, y entonces el golpe fue tal que lo sacó del lecho y quedó descalabrado en el suelo, con lo que por fin se dio por vencido.

Confundido e intrigado la puso en confesión, hasta que ella le declaró la verdad, era una mujer casada y virtuosa, Abraham su marido, y el que lo golpeaba con saña y energía su protector, quien no lo dejaría bajo ningún punto entrar en ella.

Quienes así afirman quieren cuidar a toda costa la honra de Sara. Abraham se queda con los beneficios, y ella con su virtud. Exageraciones tampoco.

Diez

Y ya que en aclaraciones estamos, y Sara se dedica a ajustar cuentas en sus recuerdos mientras se acerca a Sodoma, no hay que dejarla que evada de su mente, porque tiende a hacerlo, aquella imagen suya cuando entran ya en el desierto a la cabeza de la numerosa caravana, tan larga que uno de los esclavos corre desde atrás hacia adelante en su cabalgadura para avisar a Abraham cuando hay algún rezago, una manada de ovejas perdida tras un ventarrón de arena, un camello lastimado en una pata, y ella va montada en una mula de fuertes cascos y poderosa alzada llevando las riendas con garbo y cierto aire de vanidad inútil, pues el envanecimiento es para admirarse, y en aquellas soledades, yendo ella en la delantera, quién va a regalarse en su contemplación.

Su cofia de sirgo ensartada de monedas de oro y de plata, el manto suntuoso que la envuelve bordado de perlas, debajo los finos atuendos de cendal, camisa, refajo, que Abraham escogió para ella del botín, porque eso es lo que era, un botín fruto del chantaje, y collares de berilo de varias vueltas, pulseras macizas en brazos y muñecas, anudadas como serpientes que se muerden las colas, zarcillos de calcedonia, tobilleras con campanillas que repican al paso de la mula, la mujer de un rico opulento, entró pobre a Menfis y viene revestida de los adornos de la riqueza, y es lo que tantos años después quiere callar, te beneficiaste del negocio, Sara, así sea rebelde tu corazón, y te gozaste en tus atavíos, como se goza una ramera que ha cobrado con creces su precio.

Se alza en el desierto uno de esos ventarrones de arena que todo lo confunden y oscurecen, donde hay figuras sólo ponen sombras, y en eso ella, desde lo alto de la mula, una mula para ella, otra para Agar que va a su zaga, oye unas voces, como si unos marineros hablaran en la niebla cerrada: ¿es esta oveja tuya?, pregunta la voz, y la de Abraham responde: sí, se nos quedó atrás, la cortina de arena de pronto se disipa, relumbra el sol y todo es de una transparencia magnífica, y entonces Sara puede ver al caminante aquel de la nube en el ojo, que una tarde de hacía tiempo les había recomendado seguir camino hacia Egipto, realzado por aquella luz. Carga en los hombros a la oveja, agarrando por delante sus patas.

Se ve que les fue muy bien en tierras del Faraón, dice, mientras vuelve la vista para medir la caravana que parece no tener fin. ¿Y a ti?, pregunta Abraham, y luego se arrepiente, de lejos se ve que a aquél le ha ido pésimo. Su túnica de manta basta flamea más raída que nunca, la nube en el ojo tiene un gris más denso, los pies lucen siempre sucios de cagarrutas, la cabeza parece pesarle sobre la escuálida armazón del cuerpo, los ojos miran asustados, como si en su vida sólo hubiera presenciado infortunios, y la manzana de Adán le salta cada vez que traga en busca del aire, que mastica como si fuera un alimento.

Yo fui a dar a la cárcel al no más trasponer la puerta de Anubis, dice el caminante, mientras deposita la oveja a los pies de Abraham. ¿Y eso por qué?, pregunta Abraham. Por sospechoso de ladrón, cuando uno es pobre y además tuerto, y no tiene mujer que ofrecer como si fuera su hermana, siempre parece a la autoridad sospechoso de enemigo de lo ajeno.

Sara, que oía desde su montura, se quedó pasmada, vaya, ¿y éste?, ¿cómo es que conoce esos acontecimientos? Abraham sólo se espantó la mosca delante de los ojos. ¿Cómo lograste salir?, preguntó. Porque yo me gano la vida haciendo por plazas y calles trucos de magia, y el alcaide del presidio, al saberlo, me pidió que le diera una demostración, y entonces hice lo que mejor puedo, que es vomitar pichones, así que, divertido por mi destreza, me dejó en libertad, pero con la condición de abandonar Menfis.

Y sin esperar petición alguna, se metió el dedo en la boca en busca de provocar las arcadas de vómito seco que vinieron una tras otra, hasta que de sus entrañas revueltas salió un pichón ceniciento que limpió de las babas y entregó a Abraham, diciéndole: dáselo a Sara, le gustarán también los pichones, aunque siga prefiriendo las torcaces y abubillas.

Ella, aunque con asco, se inclinó para recibir el pichón de manos de Abraham, porque de pronto sintió miedo, ¿de dónde salía aquel tuerto que se entremetía en los entresijos de su vida como si fuera testigo presencial de sus actos? Para entonces, porque estoy en los comienzos de su historia, no tenía ella los elementos de juicio suficientes para

pensar: este que me ignora de manera tan campan-
te, como si yo fuera un camello, o la propia mula
donde estoy sentada, y no se digna dirigirse a mí
aunque me tenga frente a sus propios ojos, es de la
misma calaña de los pastores, mancebos, beduinos
y similares, pues aún no existían éstos en su vida; y
causas a lo mismo tampoco tuvo el alcance de decirse: de modo que me venías siguiendo de ida en
nombre del Mago y me sigues de vuelta, nos diri-
giste hacia Egipto con el cuento de las trojes abiertas, y por tanto mucho tienes que ver con mi suerte
frente al Faraón, ¿quién lo amenazó en sueños para
que me liberara del harén sino el propio Mago?, y
luego, todas estas riquezas son obra suya, o tuya,
como lo es que yo me haya corrompido en lecho
ajeno. Lo pensó, pero mucho después, como lo piensa ahora camino de Sodoma, sin que aún consiga
encajar del todo al caminante tuerto entre los emisarios del Mago que tanto la acosan.

Mientras tanto, Abraham, que algo recela-
ba, o intuía que algo le debía al caminante, o es que
se sentía culpable de alguna manera, o simplemente buscaba ser cortés, lo que dijo fue: te ruego venir
con nosotros en la caravana, tendrás una acémila
por montura, y cuando lleguemos al lugar donde
descansaremos, te refrescarás del viaje y comparti-
rás con nosotros la comida, y luego, antes de despe-
dirnos, puedes tomar una pieza de oro y otra de
plata, un ropaje nuevo, y un saco de flor de harina,
lo mismo que disponer de la acémila como propia,
junto con sus aperos; pero el caminante, que se
limpiaba las plumas del pichón de la boca, lo miró
con desprecio. Su ojo turbio, de un gris de aguas

revueltas, nada veía, pero el otro se encendió de furia y desprecio: ¿en tan poco me tasas, que me ofreces migajas de tu botín? De todos modos nada quiero de riquezas mal habidas, que las disfrutes, momento en que se alzó de nuevo una intensa tolvanera, y desapareció entre las cortinas de arena que se alzaban una tras otra.

Acampaban de camino, sin saber todavía dónde asentarse, cuando una mañana dijo Abraham al despertar: he soñado. Y su ceño era hosco. No habrás tenido buenos sueños puesto que amaneciste con cara de pocos amigos, dijo Sara sonriendo. Mi disgusto es por lo que se me ha revelado, respondió él. Vaya, entonces estamos hablando del Mago, ¿cuáles son las novedades? ¿Ya te ha dicho dónde moraremos? ¿O es que necesita que le levantes otro altar? Si de sacrificios se trata, oveja y becerros no te harán falta.

Ni lo uno ni lo otro, negó él, siempre agrio el semblante. Bueno, si me lo dices ya sabré yo en qué puedo ayudarte, respondió ella, sin dejar su buena vena. Hay cosas en las que no has sido sincera conmigo, Sara, pones de por medio secretos entre los dos que no son para broma. ¿Eso dice el Mago? ¿Y cuáles son esos secretos, si se puede saber? Que traes contigo un espejo, regalo del Faraón. ¿Y qué?, no es el único regalo suyo con el que cargamos, respondió, como bien puedes ver si tiendes la mirada a tu alrededor. Déjate de sornas, Sara, en el sueño se me ordenó que debes deshacerte de ese espejo, porque verse en él desnuda, como tú te ves, es abominación e ignominia; y, además, esto es ya por mi cuenta, eso de espejos es de mujeres ociosas.

Ahora resultaba que el Mago la espiaba. Era cierto, se peinaba desnuda delante del espejo que Agar empañaba antes con el aliento y luego frotaba hasta sacarle lustre. Y, en ocasiones, cuando se quedaba sola, lo paseaba con languidez por su cuerpo. Lo entretenía en los senos, en los sobacos, en el vientre, en el sexo, lo llevaba a las piernas, a las rodillas, y por último lo devolvía a la cara, lo acercaba a sus labios, a los ojos. No había como un espejo para entretenerse en el propio cuerpo, pero a veces sentía que más bien buscaba sorprender las huellas de la vejez en la piel antes de que huyeran a esconderse.

Era un antiguo espejo de cobre bruñido con mango de abedul, manchado a trechos, que venía entre sus pertenencias del harén, metidas en un cofre de sándalo donde guardaba también sus afeites, la galena para las cejas y el antimonio azulado para los párpados, una pasta de diminutos escarabajos color carmín para pintarse los labios, y liquen tornasol de rocas marinas para encender las mejillas.

De modo que aquel espejo, igual que los afeites, y el bacín de bronce en que se sentaba a hacer sus necesidades dentro de la tienda para no salir al descampado, no era propiamente un regalo del Faraón, y se lo hizo ver a Abraham. Sea o no sea, respondió él, ya iracundo, no tendrás espejo, ni tampoco bacín. ¿Y el bacín por qué? Porque sí, respondió Abraham. ¿Volveré a exponerme a que me muerdan el trasero las alimañas, o me lo vean los sirvientes?, alzó ella la voz. Pero no hubo caso, espejo y bacín quedaron entre los rescoldos de la fogata cuando abandonaron el campamento.

La historia del espejo y el bacín, y por tanto todo lo concerniente a la estancia de Sara en el harén del Faraón sólo era conocido por Edith, porque ella misma se lo había contado bajo reserva de secreto, y por tanto el mismo Lot lo ignoraba, no vayas a comentarle a tu marido nada de esto pues no quiero dejar por los suelos a Abraham delante de sus ojos, mejor que siga creyendo que su tío ganó riquezas en Egipto gracias al trabajo honrado, y no porque prostituyó a su esposa.

Edith era sabedora así de todos los pormenores, menos del papel que el Mago había jugado en la trama hablándole en sueños al Faraón. Recuérdese que ese asunto del Mago era solamente entre Abraham y ella, y jamás había mencionado a nadie la manera en que de tiempo en tiempo los hostigaba, y las promesas vanas que les hacía.

Pero, de verdad, ¿había entrado el Mago en la cabeza del Faraón? Pasado el tiempo Sara llegó a pensar que aquel sueño no era sino una coincidencia, uno de los tantos de un anciano supersticioso, cuya trama la había favorecido a ella, y por añadidura había favorecido a Abraham; y aquel caminante, el tuerto que vomitaba pichones, ya sólo aparecía en su memoria en el momento de desvanecerse entre las nubes de arena, igual que se desvanecían sus recriminaciones sobre el origen de las riquezas que traían de Menfis. Hasta que volvió a encontrárselo en la plaza de Baal, pero eso será referido aparte.

Abraham prefirió olvidar las alusiones maliciosas del tuerto impertinente respecto a sus procederes, pese a que demostraba estar al tanto de ellos, y se negó a aceptar que fuera uno de los enviados de aquél a quien sólo conocía en su catadura de Niño. ¿Ese farsante un enviado del Niño?, si así fuera ya habría recibido yo alguna manifestación suya, o me lo habría revelado de viva voz, o en algún sueño, te enviaré un caminante solitario al que distinguirás por una nube en el ojo izquierdo, él te llevará con bien a Egipto y lo mismo te traerá de vuelta, es algo raro y a veces lenguaraz, pero llevadero, aunque en eso de que se saca pichones por la boca, no se lo tomes en serio ni tampoco atienda Sara sus trucos y juegos, son diversiones que él mismo busca, porque tiene prohibido amistarse con nadie.

Y si el caminante tuerto no tenía que ver con los designios del Mago, tampoco podía atribuírsele a éste intervención alguna en lo que hace a los sueños disparatados del Faraón, a mí no me involucres, Abraham, si no sé yo que bastantes raíces de mandrágora y hojas de estramonio mastica ese hombre insensato, como para engañarse la cabeza con plagas de langosta, ríos envenenados, cuervos furiosos y otras sandeces.

Sentó por fin sus tiendas en Saba, rico como volvía, tanto que empezaba a crecerle una cierta sombra de barriga y algo de papada, pues tenía esclavos para todas las tareas: ordeñar las vacas y las cabras, limpiar la bosta en los corrales, desollar el ganado y salar los cueros, preparar las eras, regar la semilla, defender las espigas de los cuervos, cosechar la mies, separar la paja del grano, llenar las trojes. A él sólo le tocaba dirigir todo montado en una mula parda bien enjaezada.

Y por rico, se había vuelto soberbio. Ordenó excavar pozos de regadío que volvieron fértiles los eriales, mas como los labradores vecinos cogían de su agua, después de buscar cómo ahuyentar con amenazas a aquellos gorrones que vivían a sus costillas, mejor cegó los pozos haciendo derramar brea en los brocales, levantó campamento y se trasladó a otro paraje distante donde su fortuna siguió creciendo. Hasta que lo perdió todo de nuevo y volvieron a su modesta vida de antes, pero ésa es historia aparte.

Si el Mago de verdad existía, era impredecible, olvidadizo y caprichoso como el que más. Sara dudaba, y a la vez temía, y además de temor, abrigaba esperanzas, eso ya lo he venido remarcando. Un temor ante sus poderes por si las dudas, y unas esperanzas vagas en sus promesas, hay que decirlo. Y si ella desconfiaba, no sólo de sus poderes, sino a veces de su propia existencia, él mismo era el culpable por no revelársele de una vez y poner las cosas claras entre los dos.

Ahora iba camino de Sodoma sin que la abandonaran las dudas, pero sobre todo porque temía. La muerte extraña de la cirenaica pudo no ser obra del Mago. Pero también pudo serlo, negro el cadáver, como un tizón, porque había sido consumida por el fuego de un rayo invisible, anuncio y prevención de peores calamidades, y el Faraón había hecho bien en obedecer, como hacía bien ella en apresurarse en llegar a la ciudad amenazada.

Y el caminante tuerto que vomitaba pichones, desaparecido en la repentina tormenta de arena, ¿qué pito tocaba? No son iguales las reflexiones de

Sara a las de Abraham en este extremo. Trata de olvidarlo, pero no es tan fácil. ¿Por qué sabía tanto de ella, aun de las torcaces y abubillas?

Llegamos al punto en que se lo volvió a encontrar, cuando atravesaba ella una vez la plaza de Baal, ocupada en sus compras. Se hallaba rodeado de gente que lo veía hacer su número, y tras despejarse el público se acercó a él, ¿no me recuerdas? No, no la recordaba, ¿de verdad la había olvidado, o fingía? El camino de Egipto, dijo ella. Ah, sí, eres la esposa de aquel buen hombre de la caravana. Venías saliendo de la cárcel, dijo ella. ¿Yo?, se extrañó él, nunca en mi vida he estado preso, mi conducta es intachable, y se rio. Un buen mentiroso, se dijo Sara, bien que se acordaba. Buen hombre, de verdad, tu marido, dijo él, si te manda ser dócil, hay que obedecer, así un día dirán: sumisa, como Sara, y volvió a reír. ¿De dónde sabes mi nombre?, preguntó ella. Tienes cara de llamarte Sara, respondió, y de entre sus manos, esta vez sin vomitarlo, salió un pichón color de hierro viejo adornado con un collar de plumas doradas. No me lo saco de la boca para que esta vez no te dé asco, le dijo, y toma, aquí está también esta jaula de cañas, ponlo allí.

Un cínico, además de mentiroso. Pero se ganaba la vida como un mago común y corriente en la plaza, cobrando el óbolo por cada pichón vomitado y puesto a la venta; y aunque no dejara de hacérsele sospechoso, estaba claro que no era de la partida de los otros que la importunaban con sus visitas inesperadas a la tienda.

Mediaba distancia entre uno y los otros. Ella había visto desaparecer a uno de ellos mientras se amarraba la sandalia, no en medio de un torbellino de arena, que eso bien puede ocurrir, sino bajo el cielo diáfano. Y más que eso, cuando se pusieron en camino los acompañaba por encima de sus cabezas aquel aparato de fuego que rodaba por el cielo, pudo verlo aunque fuera sólo por un instante pero resultaba más que suficiente, y había sentido el hedor del vaho que exhalaba la tierra. Eran muestras de las potestades que tenían, guiños que no podía echar en saco roto. Y se apresuraba. Quería salvar a Lot, pero, sobre todo, quería salvar a Edith.

Si le permitieran a Sara señalar una persona que viviera dentro de los muros de Sodoma, única entre todos por justa, capaz de salvar a tantos miles, sería sin duda Edith. Y es más. Caso que los mancebos decidieran preservar a un solo ser humano de los que vivían en Sodoma y Gomorra, y acabar con todos los otros, una vez más ella elegiría a Edith, por encima del mismo Lot, aun de por medio sus jaulas de torcaces y abubillas del pasado. Se avergonzó de este pensamiento. ¿Quién era ella para consentir un exterminio a cuenta de salvar la vida de una persona? ¿Y era Edith, en verdad, esa persona justa?

Edith tenía un amante, ya dije, y sólo Sara lo sabía. Eber. Aquello era parte de sus confidencias mutuas. Un pintor que se ganaba la vida decorando las paredes de los burdeles. Edith le había mostrado una vez uno de sus bocetos, que ambas contemplaron entre risas ahogadas en la cocina, mientras Abraham y Lot conversaban en la terraza. Cinco, seis personas desnudas de ambos sexos revueltas en una cama, mujeres cabeza arriba, hombres cabeza

abajo, todos con caras extrañadas como si se hallaran perdidos en un bosque de brazos, piernas, senos,
espaldas, nalgas, codos y rodillas.

¿Era abominable por eso Edith, por tener un
amante que se ganaba la vida pintando murales por-
nográficos en los lugares donde las mujeres se prosti-
tuyen por dinero? ¿Merecía la muerte por infiel? Entonces, también Abraham merecía la muerte por
haber tomado como amante a Agar, el mismo a quien
los mancebos eligieron primero para que sirviera
como testigo de la destrucción purificadora, y luego
le habían pedido que escogiera al justo que salvaría
a todos. La había prostituido además a ella. Y ahora,
quienes hacían lo mismo con sus propias mujeres,
junto con los patrones de burdeles, rufianes, buscones
y putañeros, y los desgraciados que pintaban falos como volcanes, se hallaban entre los que arriesgaban
ser aniquilados.

Y regresaba a Abraham, otra vez con rabia. Si
el Mago tuvo que ver con la trama para venderla, y
quién negaba esa posibilidad, el acto del marido me-
reció premio, y quien resultó castigado fue el anciano Faraón, que perdió a su concubina favorita, y su
tesoro resultó esquilmado. Y encima, el Mago seguía
en sus trece de que Abraham era un justo, como un
padre ciego ante las iniquidades de un hijo al que
consiente en todo, haga lo que haga, mientras tanto
ella no valía nada frente a sus ojos, al punto que si se
reía, se enojaba; no le gustaba ni su risa.

¿Cuál era el concepto de maldad y perdición
que el Mago y sus fieles adláteres tenían, a fin de
cuentas? El mancebo, por justificar el castigo, había
formulado una larga lista de excesos carnales: promis-

cuidad, incestos, ayuntamiento entre mujeres, o sea, entre lesbianas, palabra que aún no es entonces de uso, penetraciones entre hombres, o sea, sodomía, otra palabra que tampoco es entonces de uso, porque sólo se inventaría milenios después en homenaje a la ciudad adonde Sara se dirige, el horrible pecado nefando según Dídimo el Ciego, corona de toda maldad, *Peccata contra naturam sunt gravissima,* sin la comisión del cual todos los demás pudieron haber sido perdonados a pesar de su grosera cuantía. Pero Edith no era ni incestuosa, ni promiscua, tenía un amante y nada más. ¿Y era lujuria rasurarse los sobacos y el pubis por agradar a Eber? A Sara más bien aquello la divertía como algo extravagante, e inocente, qué idea más peregrina, Edith, y Lot, ¿qué opina de eso cuando se acerca a ti y encuentra el nido mondo y lirondo? Un día el pintor te pedirá que te rapes también el cabello y entonces sí que quedarás trasquilada, como una oveja cuando se va la primavera.

Once

Si el secreto en que Edith se gozaba era tener por amante a un pintor de lupanares, la infidelidad de Abraham de secreto no tenía nada, puesto que
fue conocida de todo el mundo, hasta de los mozos
de cuadra, desde la primera noche en que se acostó
en el lecho de Agar, y Sara sentía arder las orejas
cuando se acercaba a las esclavas de la servidumbre
que se callaban de pronto porque estaban en la co-
midilla, sin saber, y nunca lo hubieran imaginado,
que quien había empujado a la esclava a los brazos
de su marido había sido ella misma.

Pese a las esporádicas promesas del Mago de
que otorgaría a Abraham una numerosa descendencia, su vientre había seguido hasta entonces,
igual que ahora, cerrado como una tumba vacía.
La avergonzaba la esterilidad, pero también la esco-
cía un sentimiento de culpa. No ser capaz de darle
hijos al esposo tras tantos años era una maldición
que debía cargar sobre sus propios hombros, Mago
o no Mago de por medio.

Y cuando lo descubrió una vez mirando a
Agar con ojos de lascivia, porque Agar era tan hermosa como ella aunque de otro tipo, morena, espi-
gada, rasgados los ojos, largo el cabello hasta la cintura, fácil de risa, el andar suave y cadencioso como
si pisara lana cardada, se le ocurrió, por qué no,

Sara, si alguien puede darle un hijo a tu esposo es ella, tu esclava de confianza, quién más apropiada para una tarea semejante.

Mientras iba madurando su decisión, con avances y retrocesos en su voluntad, tal como es natural en esta clase de dilucidaciones tan poco comunes, se preguntaba si sentiría celos cuando los supiera juntos en las noches, capaz y en aquella quietud, donde apenas graznaba un grajo de vez en cuando, o cantaba una lechuza en el encinar, los suspiros y demás ruidos pertinentes llegaran hasta ella a herir sus orejas. No lo sabía, pero era algo que mejor dejaba para después, para qué adelantarse a los acontecimientos; por el momento, su preocupación se centraba en resolverse a ejecutar su acto de justicia: si ella era estéril, no podía castigar a Abraham, y menos sin saber a qué atenerse con un aliado tan poco constante; porque si por las promesas del Mago fuera, ya podía quedarse esperando eternamente.

Una tarde, mientras remendaba unas cobijas sentada junto al pozo, ahora que, otra vez, tras mermar de nuevo sus bienes, eran de mediano pasar, oyó la voz de Abraham desde el encinar hablando con el Mago. Le llegaba como un murmullo, pero su oído fino, acostumbrado a esos coloquios, podía percibir las palabras: ¿no ves que ando sin hijo?, advierte que no me has dado prole, y he aquí que será mi heredero un esclavo nacido en mi casa, ese damasceno Eliezer que es mi mayordomo, porque cuando yo muera él recogerá todo lo mío según es la ley, y no sé si viéndose colmado de bienes se inflará de soberbia y no querrá darme sepultura ni se la dará a Sara, bien puede ocurrir, pues es de la naturaleza de los criados olvidar gratitudes.

Seguramente el Mago le había respondido de la manera en que solía responder: no temas, yo soy tu escudo, si te saqué del lugar donde naciste y has andado tanto camino fue para que sujetaras esta tierra, tampoco dudes, porque la duda ofende mi majestad, ten por seguro que no te heredará ningún esclavo damasceno sino un hijo de tu simiente, y no seas descreído porque eso también me ofende, ¿por qué no haces una prueba?, espera la noche, sal al descampado, mira a los cielos y cuenta las estrellas, cuando llegues al millar multiplícalo por ciento, y apenas vendrás a representarte una pequeña porción de tu descendencia que será infinita y en verdad no podrá contarse, igual que no pueden contarse las estrellas mismas del cielo. Lo mismo de siempre.

Y no hay duda de que terminó pidiéndole otra ofrenda, porque Abraham se fue directo al corral a escoger una becerra de tres años, un carnero de tres años, y una cabra de tres años, la edad que el Mago prefería en los animales de pezuña para los holocaustos, un verdadero despilfarro dada la situación de poca holgura en que se hallaban, y encima sacó de las jaulas una tórtola y un palomino, hizo que trajeran todo y caminó él delante de los criados subiendo hacia un monte apartado donde había un viejo túmulo, y allí, de su propia mano, degolló y partió en cuartos a los animales de pezuña y retorció el pescuezo a las aves, y mientras ella seguía remendando la cobija, hasta sus narices llegaba el olor de la carne chamuscada, y volaban sobre la tienda los buitres que esperaban regalarse con los despojos, insistentes en acercarse aunque los criados los ahuyentaran a pedradas.

Cuando Abraham había terminado su súplica, de rodillas en el encinar, Sara escuchó sus sollozos, y eso fue lo que la decidió, no importa lo que el Mago le respondiera. No es justo, se dijo, no permitirá mi alma que lo siga persiguiendo ese sufrimiento, para el Mago el tiempo no corre ni existen premuras, dónde vivirá no se sabe, pero a él no le hablen de horas ni de días, ya no se diga de años o de siglos, de modo que bien podríamos aguardar tranquilamente en nuestros sepulcros a que cumpla su dicho. No te heredará Eliezer, tu mayordomo esclavo, Abraham, sino el hijo de Agar, mi esclava, queda por mi cuenta.

Y muy temprano del día siguiente había ido a Sodoma en busca de Edith para participarle aquella decisión. Voy a confiarte algo, le dijo, pero opines lo que opines no me harás cambiar. Esa advertencia demuestra que no estás segura, sea lo que sea que te propones, le respondió Edith, se ve que has luchado con tu conciencia y aún no la vences, cuéntamelo y ya veremos. Se lo contó.

Vas a cometer una estupidez, dijo Edith, sin necesidad de meditarlo, si metes a tu marido en la cama de tu esclava no lo volverás a sacar de allí nunca, ve lo que te digo. Era una mujer prudente, y con esa misma prudencia habló, no se crea que por haberse echado un amante encima se la podía tachar de falta de juicio, o algo por el estilo. Su infidelidad, muy bien llevada, no le quitaba un ápice de recato en su vida doméstica, ni por eso descuidaba el celo con que vigilaba a sus dos hijas adolescentes para que no las alcanzaran los vapores de la podredumbre que señoreaba en la ciudad, y como madre de ojo vigilante velaba de no dejarlas nunca a solas con sus novios, a quienes Lot tomaba ya por yernos; si ellas eran de confiar o no, o si esos vapores no se les habían metido ya en el seso, es ya otra cosa.

Te vas a arrepentir, acuérdate de mí cuando te arrepientas, fue lo último que le dijo a Sara al despedirse esa vez. Pero Sara no estaba para oír consejos, aunque hubiera ido por ellos, y apenas regresó al campamento llamó a Agar para plantearle el tema sin andarse por las ramas.

De su parte la plática tomó desde el primer momento un cariz práctico, pues quien se mete a tratar un asunto semejante poniendo de por medio sentimientos y recatos, no puede llegar lejos; de modo que mientras más pronto se cerrara el negocio, mejor. La que se mostraba muerta de vergüenza era Agar, quien mantenía humillada la cabeza mientras oía a su ama darle las instrucciones pertinentes. Al ver su actitud, Sara la tomó de un brazo: ¿no me digas que nunca has conocido varón? No, mi señora, respondió ella. Por eso no te preocupes, esas cosas se aprenden en el lecho, ya verás qué bien te irá esta noche. ¿Esta noche?, Agar alzó al fin la cabeza, asustada. Esta misma noche, no hay tiempo que perder, yo me apartaré fingiendo jaqueca, y tú te acuestas en la oscuridad al lado de Abraham; esto será la primera vez, porque en adelante él irá a buscarte por sus propios pasos. Mi señora, dijo Agar, estoy con el mal. ¿No será un pretexto?, la miró duramente Sara. No, mi señora, será lo que usted ordene porque no tengo más que obedecer, pero cuando pase mi periodo. Qué fastidio, dijo Sara, pensando en que mientras más se tardara la cosa, más riesgo había de que le sobreviniera el arrepentimiento; pero en fin, tú me avisas cuando estés limpia, y esa misma noche será. Y una advertencia final, ni una palabra a nadie acerca de esta comisión que recibes de mi parte, oficialmente yo no sé nada de lo que suceda y pase entre ustedes dos.

Todo ocurrió por fin tal cual Sara lo había urdido. Y como sintió que Abraham la evitaba tras la primera noche en que Agar durmió en su lecho, se presentó en el corral, adonde él había ido a refugiarse con el pretexto de curar la ubre infectada de una vaca, y le dijo: no tienes por qué sentirte mal en mi presencia, ha pasado lo que ha pasado porque yo lo quise, yo la envié contigo para que ella te dé el hijo que yo no puedo darte; o que el Mago no quiere darte, no entremos en esa discusión.

Esto último lo dijo ya severa, pues no quería que aquello se convirtiera en melodrama, lo que de todos modos no pudo evitar, ya que Abraham se cubrió el rostro con las manos y cayó de rodillas delante de ella sin importarle el suelo lleno de estiércol, abrazándose a sus piernas. Y ella metió las manos dentro de su cabello y rastrilló los dedos en su cabeza como si se tratara de un niño necesitado de consuelo, bien pagada ante su buena obra pero con una molestia en el pecho que no quería dejarla en paz, algo así como el aruño de un gato que apenas empieza a sacar las uñas.

Agar quedó pronto embarazada. Ahora, se dijo Sara, muy contenta, a ver cómo sale el Mago de este aprieto, porque yo he hecho todo esto sin que él ni nadie me lo manden, es mi voluntad contra la suya, y hará el ridículo si la descendencia prometida a Abraham va a venir del vientre de una esclava que encima es egipcia, así pues tendrá que apresurarse a darme un hijo también a mí, y en ese caso el mío heredará por fuerza de la ley, y no el bastardo.

Pero su contento habría de durar lo que un soplo. Primero porque Abraham se llegaba poco, o nada, a su esposa y no hay que culparlo, Agar no era fácil de contentar, y es así que el hombre se levantaba tembleque y ojeroso a sus quehaceres a las luces del alba, dada la numerosa repetición de los ejercicios a que se veía sometido. Que la esclava nunca antes conoció varón, como declaró muerta de vergüenza a Sara, es una posibilidad, pues desde muy niña vivió entre eunucos; pero siempre hay en las reclusiones de mujeres jardineros avisados, y rejas que se abren con llaves traspuestas y que dan a un cierto vergel, muros que alguien ha escalado al filo de la medianoche, un mandadero, un porteador de víveres, algún osado, en fin, a quien lo rijoso hace olvidar el silbido de serpiente de la cimitarra al cortar los tendones del cuello. Y luego, ya fuera del harén, tuvo su cercanía con aquella tropa insolente de esclavos a los que Abraham despreciaba por amujerados, cantores, poetas, historiadores, pero claro que estaban lejos de serlo; en las noches, los grititos fingiendo susto y las risas sofocadas de las mujeres indicaban que el zorro había entrado en el gallinero. Y aun si así no fuera, y hubiera llegado virgen a Abraham, la misma Sara le había advertido que todos los asuntos necesarios de aquel jaez se aprenden en la cama, y ella demostraba ser una autodidacta aventajada.

Y por otro lado, ya quedó dicho, mientras el vientre de Agar crecía, también crecían sus desplantes frente a Sara, a la que ponía cara de suficiencia, desobedecía sus órdenes y se había llenado de ínfulas frente al resto de la servidumbre, al punto que una vez la escuchó reclamando a la cocinera que en adelante la llamara mi señora, y otra alcanzó a oír cómo las demás esclavas, instigadas por Agar, se burlaban del vientre seco de Sara, ese odre viejo lleno por dentro de telarañas, se reían, y entonces recordó las palabras de Edith: te vas a arrepentir de semejante estupidez, no vengas a decirme después que no te pinté las cosas tal como iban a suceder.

Iba ya Agar por el séptimo mes y las cosas se habían vuelto imposibles de soportar, por lo que fue Sara en busca de Abraham que tejía una espuerta, se plantó delante de él y sin decirle palabra lloró amargamente, dime qué te pasa, insistía él, pero ella callaba, hasta que por fin, tras derramar muchas lágrimas se desahogó, estoy recibiendo mal por bien, mi propia esclava envanecida porque lleva un hijo tuyo me desprecia y humilla, ya no se aguanta, se cree señora de la casa y a mí me considera menos que una escoba para barrer el suelo de la tienda, cuándo se ha visto miseria semejante, se ríe en mi cara porque me ha tomado por su juguete y diversión y las demás esclavas se ríen con ella; y limpiándose con el dorso de la mano las lágrimas, cambió el tono plañidero de su voz por otro en el que desbordaba la cólera: o ella, o yo, debes escoger ahora mismo.

Abraham, que había quitado las manos de su trabajo para seguir con atención el hilo de aquel discurso encendido, apartó la mosca de su rostro, no una sino varias veces, y tardó en responderle, pero al fin lo hizo con parsimonia: Sara, Sara, te estás ahogando en un vaso de agua, tú la trajiste a mi lecho sin que yo te lo pidiera, cosa que no habría hecho nunca por mi cuenta, tomar por amante a tu propia esclava, ya me conoces, tú misma se lo ordenaste y ella te obedeció, así que fue un asunto entre ustedes dos y a mí no me metas en eso, por favor, en tu mano está hacer con ella lo que mejor te plazca, véndela en el mercado de esclavos de Sodoma, por una esclava embarazada te darán una cuantía mayor, entrégala en donación al primer mercader que pase, o ponla en el camino, lo que mejor te convenga y te parezca harás, que yo no la echaré en falta. Y sin decir más, siguió en lo que estaba.

Entonces había vuelto Sara a Sodoma a consultar con Edith, quien sin detenerse en reclamos de te lo advertí pero no me hiciste caso porque eres más terca que una mula, pasó adelante a presentarle un plan de batalla: bajo ningún punto de vista la subastarás en el mercado de esclavos, ni la regalarás al primer mercader que pase, ni la pondrás en el camino con su lío de trapos a la espalda, porque luego vendrá Abraham a reprochártelo aunque ahora te haya dicho que está en tu mano hacer de ella lo que quieras, ten por cierto que no ha habido sinceridad en sus palabras y lo que pretende es cargar sobre ti la decisión para que al fin y al cabo no hagas nada, seguro de que te ablandarás, al fin y al cabo ella lleva en el vientre un hijo de su sangre a quien no querrá ver esclavo ni errante; así que, por lo tanto, esto es lo que harás: incordiarla, hacerle la vida imposible bajo tu tienda, quítale la jefatura que le has dado sobre tus demás esclavas, así como ella te humilla y te desprecia, humíllala y desprécíala tú más, rebájala a los oficios más infames, ponla a limpiar las letrinas y a levantar el estiércol de los corrales, dale de comer lo que come el último de los sirvientes, álzale la voz ante cualquier nimiedad, ponle la mano encima a la menor desobediencia, y ya verás que ella misma toma su camino, una mañana la buscarás y se habrá ido antes del amanecer, y a partir de ahí, lo que sea de ella ya no es de tu incumbencia, el mundo está lleno de mendigos errantes, y si alguna vez se acerca a los muros de Sodoma y termina en un burdel, sea, ésa será su suerte y será su destino, alguna vez Eber la pintará desnuda en una pared.

Apenas estuvo de vuelta puso en ejecución al pie de la letra los designios de la cartilla dictada por Edith, sin que faltara el apartado de alzarle la mano para cruzarle el rostro hasta sacarle sangre de la nariz y los labios, y no sólo la mano, tampoco faltó el látigo sobre sus espaldas. Y tanto afligió a Agar con sus rigores y maltratos que la esclava no tardó ni un mes en hacer como había sido predicho, y una mañana ya no amaneció en el campamento ante el gozo de Sara y la indiferencia de Abraham, que se quedó con la boca cerrada y ni siquiera espantó la consabida mosca; criados iban y venían, un esclavo compraba su libertad y se le daba, alguno huía y no se le mandaba perseguir bajo edictos cuando tenía un amo clemente, y esa misma noche buscó a su esposa con ansias y ardores que ella tenía tiempo de no ver.

Todo en paz, todo tranquilo, las esclavas y las cocineras, instigadas antes a la burla y a la rebeldía, sumisas y obsequiosas comían de la mano de Sara adelantándose a leer sus pensamientos para servirle a cabalidad. Hasta que llegó el tercer día, y mientras almorzaban, Sara fue avisada que Agar se hallaba de regreso, y que, sin decir palabra y sin que nadie se lo mandara, se había entregado otra vez a los oficios más viles.

Sara, ya se entiende que iracunda, fue a buscarla al muladar donde la esclava descargaba un cubo de excrementos. Ante su presencia dejó el cubo e hizo un movimiento instintivo de protegerse el rostro con el brazo como si fuera a recibir un golpe, y al ver que no era ése el caso se puso de rodillas, no se enfurezca mi señora que no he regresado porque yo lo hubiera querido sino porque me lo mandaron, afirmación ante la cual Sara puso de inmediato en sospecha a Abraham, y preguntó: ¿Abraham? ¿Envió a alguien a alcanzarte? No, un niño me lo mandó, respondió.

Sara se quedó impávida. ¿Un niño que pastoreaba un rebaño de ovejas que luego desaparecieron? Sí, mi señora, las pastoreaba en medio del desierto, pues ése es el camino que yo tomé. ¿Y ese niño llevaba un cayado que dejó olvidado, el cual se convirtió en serpiente que huyó entre la hojarasca? Hojarasca no había ninguna, la serpiente huyó reptando por la arena. Deja el sofoco, y cuenta con calma, que tengo todo el tiempo del mundo para oírte, dijo Sara; pero era más bien ella la sofocada.

Caminaba yo al desvarío, sin conocer ruta alguna del desierto, dispuesta a morir de sed que ésa parecía ser mi mejor suerte, dijo Agar, cuando vi aparecer en mi camino un pozo debajo de una macolla de palmeras, y no me entretuve en maravillarme sino que fui derecho al brocal donde había un barreño amarrado a una cuerda y al lado del barreño un vaso de estaño, hundí el barreño hasta lo hondo y al izarlo venía lleno de agua fresca de la que bebí en el vaso hasta saciarme, y en ésas estaba cuando de lejos vi venir al niño guiando su rebaño, y tampoco me entretuve en admirarme de que unas ovejas fueran a pastar donde no hay ni puede haber asomo de hierba.

Cuando estuvo frente a mí, me preguntó: Agar, esclava de Sara, ¿de dónde vienes y para dónde vas? Sentí mucho asombro, ahora sí, de que él supiera mi nombre y el suyo, mi señora, pero en sus ojos había un reclamo tan intenso que no era para quedarme callada, y así le respondí que huía lejos de usted para no seguir encendiendo su cólera con mi presencia. ¿Te ha alzado la mano?, preguntó, y yo sabía que no podía mentirle, se ve que es un niño de mucha decisión, no da pie para imaginarlo entregado a juegos y correrías inocentes, sí, me ha golpeado en el rostro hasta sacarme sangre de la nariz y la boca, respondí; y sepa, mi señora, que al no preguntarme nada del látigo, de eso nada hablé.

Entonces puso la punta de su cayado en mi ombligo, y dijo: vas a parir y no puedes andar errante por el desierto, así que regresa por donde has venido y ponte sumisa bajo la mano de Sara, así te ofenda y te humille, y así te golpee en el rostro o te azote con el látigo; y esta criatura que saldrá de ti será un varón al que pondrás por nombre Ismael, ישמעאל, en recuerdo de que has sido escuchada. Yo nunca he pedido un hijo, me atreví a decirle, si resulté preñada fue por obediencia al mandato de mi señora. Eso no te importe, respondió, tu hijo será cabeza de una nación aparte, y un hombre fiero, su mano contra todos y las de todos contra él, es todo lo que tengo que comunicarte por el momento, y ahora vete. Mi señora no me querrá con ella, le dije. Eso déjalo de mi cuenta, respondió el niño, retirando el cayado de mi ombligo, tú vuelve nada más, tal como te he ordenado. Y se esfumó, dejando olvidado el cayado que se convirtió en serpiente.

Sara cavilaba delante de su esclava que seguía de rodillas. Una de dos, se dijo, si la voluntad del Mago es que ese hijo de Agar, que tendrá pueblo aparte y andará metido en batallas, nazca bajo el techo de su padre, no me conviene contradecirlo pues entonces castigará mi vientre manteniéndolo sordo y mudo como hasta ahora; y si fue el propio Abraham quien urdió todo y aconsejó a Agar representar la pantomima de huir de mí mientras se mantenía a recaudo cerca del campamento, y regresar al tercer día con el cuento del Niño para ver si yo me habría ablandado, ¿me conviene desafiar a mi marido?

¿Qué opinaría Edith? A Edith ya se sabe que no podía revelarle nada acerca del Mago, ni del temor que a pesar de ella misma le guardaba, de modo que la otra, sin ese dato esencial, le diría simplemente: echa de nuevo a esa esclava indómita, no caigas en esa trampa montada por tu marido que entonces vuelves a quedar uncida como el asno a la noria, y cuando nazca ese hijo ya no te valdrán violencias contra ella, porque a los ojos de Abraham será dueña y señora de la casa, regalada de todos los cuidados como madre de su primogénito.

Dejando a Agar de rodillas se retiró del muladar sin pronunciar palabra. Si todo venía a ser cierto, el Niño había tocado con el cayado el ombligo de su esclava como quien avisa: nadie se entrometa con este vástago que viene al mundo bajo mi propio celo y cuidado, y no me pregunten qué me propongo ni por qué lo hago, que yo conozco mis designios, y ya suficientes explicaciones di. Pero, ¿esa señal del cayado condenaba a Sara a no tener nunca hijos? ¿O algún día, si era paciente y sumisa a los deseos del Mago, entre ellos tolerar que su esclava siguiera a su lado, tocaría su propio ombligo con aquella vara que se convertía en serpiente?

Y no la echó. No le dijo te quedas y sea la paz entre nosotras, ni tampoco le dijo márchate que no hay aquí cabida para las dos y una de nosotras sobra. Le dio la callada por respuesta. Vas a tener un hijo que se llamará Ismael, y por lo visto será de armas tomar, así que prepárate para los líos en que te verás metido, fue a decirle a Abraham que había seguido comiendo como si nada, ya estaba en los postres y mordía un higo violáceo que se había abierto solo enseñando su entraña de tan maduro como estaba.

Doce

Sara traspuso la puerta de los Cardadores antes de que empezara a caer la tarde, y la acémila apuró el paso de su propia voluntad, sintiéndose animada por el bullicio de las calles. En la plaza de Baal, un domador manco, metido dentro de una jaula, hostigaba con la lumbre de una antorcha a una hembra de jabalí de pelaje rojizo, que en lugar de hacerle caso se dedicaba a lamer a sus crías recién nacidas, empeñadas en ponerse de pie. Atraía pocos curiosos, porque había una pelea entre dos hombres ya viejos, pintarrajeados el uno con cinabrio, el otro con alheña, y vestidos con unas túnicas tan cortas que, al acecharse cuchillo en mano, sus movimientos descubrían sus nalgas fláccidas, todo, según le informó con familiaridad divertida una mujer obesa de túnica amarilla que vendía hierbas medicinales, porque se disputaban los favores de un efebo de rizos desgreñados, a quien le señaló sentado tranquilo en el pedestal de una columna, el dedo metido lánguidamente en la boca, mírelo, ni siquiera es tan agraciado, aunque a esos dos necios les parece un bocado apetecible, y él, nada tonto, se irá con el que quede vivo para que lo mantenga.

Pero ya Sara dejaba atrás a la mujer y se desviaba del tumulto hacia la esquina por la que debía salir de la plaza, donde un asno respondía con voz cavernosa las preguntas de quienes entregaban antes un óbolo a su dueño, y la cabeza cortada de una doncella de largos cabellos apelmazados de sangre, depositada sobre una bandeja de estaño, desafiaba al asno en la sabiduría de sus respuestas; entre ambos había un enano desnudo, de cabeza hidrópica, que no adivinaba nada, y la atracción que ofrecía era permanecer de pie mientras dormía, apoyado en su falo grueso como un leño, hacia el que avanzaban legiones de hormigas atraídas por la miel de que estaba embadurnado el gorro del glande.

Retardó un tanto el paso de la acémila porque una curiosidad extraña se sobrepuso a su urgencia de alcanzar la casa de Lot, y fue la de ver si entre los ilusionistas que se apostaban cerca de la escalera de los Historiadores, se hallaba el tuerto que vomitaba pichones, desaparecido de allí hacía rato. Lo divisó. Estaba solo, y en aquel momento metía en una jaula los pichones que no había logrado vender, dispuesto a levantar campo.

Nada que ver con los mancebos, se dijo. Tendrían edades parecidas, pero en lugar de aquellas sutiles túnicas cortas que mostraban con sobrada impudicia las piernas depiladas, llevaba la misma bata de manta basta que recogía en el repulgo las suciedades del suelo, y el excremento de los pichones, que afanados alrededor de sus plantas descalzas comían granos de cebada, blanqueaba sobre aquellos pies de dedos encogidos como garras.

Su mirada despreocupada se alzó hacia ella. El ojo velado, si alguna vez le pareció siniestro, ahora tenía una traza inocente, como si la nube gris lo pusiera a cubierto de las ocurrencias licenciosas que bullían a su alrededor. Ella le habló desde la montura, como aquella vez en el desierto cuando volvían de Egipto. No parece que te haya ido bien hoy, le dijo, y se reprochó la confianza que usaba con aquel individuo. Hay días buenos, hay días malos, respondió él, y el tuyo aparenta ser uno de esos días buenos; nada te agita, nada te preocupa, lo veo en tu semblante. En mi casa no hay novedades que lamentar, y voy de camino a visitar a unos parientes, dijo Sara. Él no mostró interés, cerró la jaula, ya todos los pichones dentro, y se la puso al hombro. ¿Y tú, dónde habías estado que tenía bastante rato de no verte en la plaza? Caramba, ella allí, haciendo preguntas ociosas a un tuerto, atrasándose en su misión de vida o muerte.

Rodeando la tierra y andando por ella, respondió el tuerto dando un largo bostezo. Y últimamente me he entretenido en un país lejano que llaman Uz, seguro no lo conoces, causándole calamidades a un varón perfecto y recto, a ver si es tan perfecto y recto como se ufana de ser. ¿Qué historia es ésa?, preguntó Sara sin tomarlo en serio. Pues deja que te cuente: su hacienda era de siete mil ovejas, tres mil camellos, quinientas yuntas de bueyes, quinientas asnas, y muchísimos criados, y entre fuego del cielo, espada de enemigos y degollina de salteadores, nada le queda; y en lo que hace a su prole de diez hijos, siete varones y tres mujeres, disfrutaban todos de un banquete en casa del primogénito cuando un gran viento que sopló del lado del desierto derribó las cuatro paredes y los aplastó. Ahora se halla cubierto de una sarna maligna desde la planta del pie hasta la coronilla y no le queda más que rascarse día y noche con una teja, a ver qué pasa ahora con su entereza cuando el mal roe su hueso y su carne, que si me preguntas a mí, no creo que dure mucho en empezar a maldecir la hora en que nació.

Ya se ponía en marcha el tuerto con su jaula a cuestas, aunque todavía se detuvo: no sé si me entenderás lo que ahora he de decirte, y no te culpo, pero déjame que trate de explicártelo: te he contado una historia que para ti aún no ha sucedido, porque, en realidad, no es que en el mundo ocurra un asunto tras otro, ayer el pasado, hoy el presente y mañana el futuro. No, ver así las cosas es consecuencia de la simpleza de la gente. Todo acaece más bien al mismo tiempo, de modo que el futuro puede verse como pasado y viceversa, y el presente no es más que una ilusión, asunto de necios. Había una vez un hombre que caminaba sobre las aguas, al que clavaron en una cruz, mira si no es una extraña manera de sacrificar a alguien; yo podría relatártelo en todos sus detalles de un modo mejor que los historiadores de túnicas rojas de la escalera, y tú me dirías: ¿cuándo pasó eso? No ha pasado, te diría yo, pero ya pasó.

A éste le falta un tornillo en la cabeza, se dijo Sara, vaya dislates los que habla, y yo aquí entretenida, y entonces apretó los talones para acuciar la cabalgadura, pero él le dijo: espera, volvió a poner la jaula en el suelo, e intentó sacar un pichón para regalárselo. No, se apresuró a detenerlo Sara, voy con prisa, otro día. No habrá otro día, dijo sombrío el tuerto, mientras la mula se alejaba.

Dejada atrás la plaza, la acémila empezó a trepar, sin muestras de fatiga, hasta alcanzar las colinas de Arfaxad cuyas casas de paredes encaladas se alzaban entre abetos y mirtos, palmeras datileras y naranjos, y sus terrazas se abrían a las aguas del lago que batía en lo hondo, oscuras y espesas, entre rocas color de herrumbre. Lot era un hombre rico, con costumbres de vida modernas, al contrario de Abraham, que seguía siendo un rústico.

Tras la bonanza ganada en Egipto, Abraham sufrió diversos reveses de fortuna, algunos debido a su mala cabeza en los negocios, pues, por ejemplo, en un tiempo se volvió traficante de caravanas que iban a ciudades distantes a cargar tejidos, bisuterías y especias, pero regresaban diezmadas por mano de sus propios lugartenientes, elegidos sin cuidado, quienes pretextaban asaltos de forajidos en las rutas; y aún más dañina a su peculio fue la afición por los dados adquirida en los garitos de los barrios de mala muerte en Menfis, de donde había traído una bolsa de ellos, hechos con huesos de astrágalo. Llegó a apostar una partida entera de camellos cargados de fardos de prendas de algodón y lino, que perdió, y otra vez perdió también un lote de sus esclavos finos y elegantes, con todo y sus címbalos y salterios, de quienes se despidió sin remordimientos; todo esto sin que el Mago lo reprendiera alguna vez, Abraham, qué haces, entregado al vicio y la perdición, cómo podré yo formar un gran pueblo contigo, pero ya que no te he dado yo esas riquezas, dilapídalas como mejor te venga en gana. Aunque también es justo decir que cayeron sobre su hacienda sequías que arruinaron sus cosechas, crecidas que inundaron sus campos y pestes que mermaron sus ganados, sin que la mano del Mago hubiera movido un dedo para salvarlo de la ruina. Librado a su propia suerte, si no le daba tampoco le quitaba, que se las arreglara solo mientras tanto.

Lot, después de cesar la guerra de los cuatro contra los cinco, en la que había sufrido asalto y cautiverio, vendió sus pastos y ganados y se instaló en Sodoma para dedicarse al comercio al por mayor de telas y de pieles, triunfando donde Abraham había fracasado, bajo su puño una legión de arrieros y mayordomos que conducían las caravanas, con quienes no se andaba con miramientos ni flojeras, pues más de alguno, por robarle, había perdido una, y hasta las dos manos, según la cuantía del delito, atento a que el concurso de sus subordinados estuviera presente a la hora en que el sable del verdugo ejecutaba el castigo.

El día de trabajo de Lot había terminado, y Sara lo encontró podando los rosales de su jardín, un prodigio de jardinería en el que se solazaba, porque aquellas plantas crecían tan lozanas en un suelo del que emanaban los miasmas fétidos del alquitrán. Detrás de las persianas del segundo piso se escuchaba la voz de Edith que entonaba una canción melancólica, y al olvidar la letra la reponía con un murmullo de la boca cerrada.

Cuando la descubrió en el portal fue hacia ella lleno de alegría por la visita inesperada y quiso ayudarla a bajar de la acémila pero Sara no lo consintió, vengo de prisa, he hecho este viaje por veredas sólo para decirte lo que tengo que decirte, y es que tienes que salir a la puerta de los Cardadores y apostarte allí hasta que veas venir a Abraham acompañado de dos mancebos, o a lo mejor sólo de uno, porque en eso no hay garantía, o de tres, pues quizá el tercero ya está de vuelta con ellos, y debes invitarlos sin demora a hospedarse en tu casa, haz eso sin falta que puede en ello irte la vida, a ti y a los que viven bajo tu techo, y si se trata de una farsa lo que aseguran que pretenden hacer, que es algo espantoso, pues nada habrás perdido con darles tu hospitalidad.

En su voz, que atropellaba y trastornaba las palabras, eran patentes el apuro y la inseguridad. Lot, perplejo, parecía asomarse a un abismo de confusión, pero una sonrisa condescendiente no tardó en venir a su rostro, es el sol del camino, el sol del camino la ha perturbado, pensó. Y entonces le dijo: haces mal en no bajarte de la montura, bien te vendrían refrescarte, descansar un poco a la sombra, Edith estará contenta de verte, y Sara lo atajó: creo que no has entendido bien que no hay tiempo para refresco ni para sombra, si los mancebos alcanzan la puerta antes de que tú estés allí esperándolos, todo estará perdido; y Lot, siempre condescendiente: despacio y buena letra, Sara, ¿quiénes son esos mancebos que cambian de número, y no se sabe si es uno, si son dos, o son tres?, ¿y qué es lo que pretenden hacer? Pero ya la impaciencia iba ganando a Sara, nada más puedo explicarte, salvo que debes ir allá, invitarlos a ser tus huéspedes, y luego obedecerles en todo. ¿Obedecerles en qué? Si te piden que abandones tu casa y los sigas junto con tu familia, tú hazlo. ¿Abandonar mi casa, con mi mujer y mis hijas?, ¿y hacia dónde?, baja, por favor, hazme caso y entra, el sol es muy dañino en esta época de canícula.

La duda acerca de si Sara se hallaba o no trastornada era palpable en la mirada de Lot, y entonces a ella la ganó el mal carácter: estoy en mis cinco sentidos pero no me preguntes nada más porque mientras más explicaciones quiera darte más ridícula y confundida me sentiré. No entiendo nada, dijo Lot, pero gozas de mi respeto, y te haré caso. No lo digas sólo por salir del paso, le respondió Sara, porque no estamos para cortesías. Bueno, comprende que no será fácil convencer a Edith, así, de pronto, ¿no quisieras mejor hablarle tú? Ya te advertí que no puedo demorarme, y entiéndeme bien, nunca hubiera emprendido el camino si no se tratara de un peligro de muerte para ustedes, haz lo que te pido y no te arrepentirás.

Lot caviló. ¿Me has dicho que Abraham viene con ellos? Viene, pero no podrá decirte nada de lo que yo te estoy revelando. Sigo sin entender, dijo Lot. Si eso significa que no irás, después que acabas de prometer que me harías caso, entonces no queda nada por decir, suspiró Sara. No, espera, dame tiempo de pensarlo. No queda tiempo, ¿cuántas veces debo repetirlo? Ni tú misma estás segura, dijo Lot. Lo admito, respondió Sara, pero por el momento sólo te estoy pidiendo algo muy simple, que vayas a esa puerta y traigas a los mancebos a tu casa, no tengas miedo, Abraham no andaría por los caminos en compañía de unos maleantes, él los conoce y confía en ellos. Eso haré entonces, dijo Lot, iré a la puerta y les ofreceré mi hospitalidad. Bien pensado, dijo Sara, y yo debo irme ahora mismo porque ni los mancebos ni Abraham deben encontrarme aquí cuando lleguen, que ya no tardarán, y tú no debes hablarles ni a ellos ni a Abraham de esta visita mía. Sólo una pregunta más, dijo Lot. Sara ya se marchaba, pero detuvo por el bocado a la acémila. ¿Y Abraham, qué pinta en todo esto? Esa pregunta todavía es más difícil de responder porque yo misma no lo sé, dijo Sara, y espoleó la cabalgadura; y ya a distancia, volvió la cabeza: apenas pregunten por un justo les dirás que tú eres ese justo, y si quieren más justos, les dirás: tengan en cuenta a Edith mi mujer, y a mis dos hijas, pues fuera de nosotros no encontrarán a nadie más en este hoyo de inmundicias. No iba a decirle: y Eber, Eber debería entrar también en esa cuenta a pesar de su oficio. Y en cuanto al que vomitaba pichones, nada podía hacer por él.

Trece

Todavía lleno de dudas, Lot fue a apostarse a la puerta de los Cardadores, sin haber advertido a Edith que tendrían huéspedes esa noche. Era el momento del crepúsculo, cuando en las plazas de Sodoma se encendían fogatas alimentadas por la bosta del ganado, y se abrían los burdeles en el callejón de la Serpiente, las cortinas encarnadas que tapaban los huecos de las puertas flameando como llamaradas, y los clientes vaciaban contra las paredes las vejigas henchidas de cerveza, de modo que los orines bajaban en correntada por la escalera de los Historiadores.

Se abarrotaban las tabernas, los tahúres se disputaban la entrada a las casas de juego, o jugaban en plena calle, los dados rodando sobre una túnica tendida en el suelo, resonaban los gritos de las apuestas en las canchas de gallos, los efebos pintarrajeados se apostaban en las esquinas para ofrecerse a los viandantes, y por todas partes merodeaban las ancianas expendedoras de beleño y cáñamo egipcio.

Apenas se había sentado en un banco al lado de la puerta, en cuya cancela hacían guardia unos centinelas medio borrachos, cuando divisó a Abraham que se acercaba por la carretera acompañado de los dos mancebos, y en lo primero que se fijó fue en sus túnicas cortas, que dejaban ver impúdicamente sus muslos. Ya no llevaban las largas cabelleras sueltas sobre los hombros, sino las cabezas desnudas pasadas por la navaja, y las cejas repintadas con carbón, uno de ellos un lunar al lado de la boca, como una gota de amonita, y el otro una argolla de oro en el tabique de la nariz, en nada se diferencian de los efebos más corrompidos de los lupanares, pensó Lot, qué clase de gente es esa que voy a meter dentro de mi casa.

Si lo que querían era probar a tentarlo, el artificio surtió efecto porque el deseo carnal lo perturbó como hacía tiempo no le ocurría, de más está comentar que al lecho de Edith entraba poco pues la fuerza de la costumbre lo había entibiado, y en qué aprieto se vio para esconder el hecho inoportuno de que su miembro se hinchaba bajo la túnica; pero halló una manera de disimulo, y fue arrodillarse delante de ambos cuando los tuvo enfrente.

Sean bienvenidos, mis señores, su presencia bajo mi techo será honra de mi casa donde he dispuesto aposentos para que pasen la noche, y antes de la cena, que ya he mandado preparar, los criados lavarán sus pies con agua tibia, y ya mañana, reposados, podrán seguir hacia donde mejor les convenga dirigir sus pasos. Y lo mismo digo a Abraham, mi tío.

Recuérdese que estos dos mancebos a quienes Lot está convidando ya tienen nombre, Rafael y Miguel, mientras tanto Gabriel es aquel que desapareció como borrado por un soplo tras cumplir su propio cometido. Rafael, que se ha situado delante, parece no haber oído la zalema del desconocido postrado en el polvo del camino; más bien se vuelve hacia Abraham, y en tono de imperio le ordena: tu misión ha terminado, ya nos enseñaste el camino y estamos en las puertas de la ciudad, así que puedes irte. Tenía entendido, dijo Abraham, con voz que apenas llegaba a sus labios para que Lot no se enterara, que habíamos hecho un trato. ¿Qué trato es ése que no me acuerdo?, ripostó Rafael, sin cuidarse de bajar el tono. Lo dijiste con tus propias palabras, que delegabas en mí la misión de encontrar a un solo justo. No recuerdo haber dicho en ningún momento algo semejante, pero si así lo entendiste fue una equivocación de tus oídos, de modo que vete y no me atrases más. Amigo, intervino Lot, siempre de hinojos, el camino es largo y lleno de peligros cuando cae la noche, así que permite a Abraham, mi tío, reposar en la casa de este tu siervo, y que parta de regreso a su tienda mañana antes del alba. Ya dije lo que dije y no me gusta que me contradigan, se sulfuró Rafael.

Se advertía de lejos la molestia de Abraham ante aquel cambio tan súbito de humor en el mancebo, pero no se atrevía a expresarlo; y más que eso, su cara era de aflicción porque sus planes se estaban viniendo abajo, pues sí los tenía, tal como Sara había elucubrado. Todo el camino había venido conversando amenamente con Rafael, una conversación en la que había habido temas de temas, unos que podríamos llamar pedagógicos, sobre la naturaleza de las mujeres, proclives a la desobediencia, y lo perjudiciales que podían llegar a ser cuando se volvían indómitas; otros banales, cuántos palmos había tenido la torre aquella que unos insensatos quisieron elevar hasta el cielo; y otros jocosos, como el hecho de que el becerro de Baal tuviera un solo testículo. Miguel, el otro mancebo, que había hablado antes hasta por los codos, ahora callaba, imperturbable.

Ya me voy entonces, dijo Abraham, pero no se alejó un solo paso en espera de que Rafael de pronto riera, son bromas, amigo, quédate; pero el otro no pronunció palabra y su rostro acusó más bien un gesto de impaciencia, bueno, qué estás esperando. Me voy, pero antes quiero recordarte que éste es el justo, se atrevió aún a decir Abraham siempre en voz baja, señalando a Lot, aunque ya sin muchas esperanzas de rectificación.

Rafael pareció fijarse por primera vez en aquel hombre enjuto de barba rizada, cabello untado de aceite en flequillo sobre la frente, rica túnica bordada con hilos de oro, y lujosas sandalias de cuero de antílope, que tenía arrodillado a sus pies. A tu casa no iremos, le dijo, nos quedaremos esta noche en la calle, y buscaremos un portal para cobijarnos. ¿Cómo podrán saber si éste es o no el justo de que hablamos, si no se acogen a su hospitalidad?, miren que es el único que ha salido a las puertas de la ciudad para ofrecerles abrigo, dijo Abraham, sin apartarse del oído del mancebo. Tú ya deberías ir lejos, le respondió Rafael, alzando el brazo para señalarle el camino.

Es un brazo que ya desde mucho tiempo atrás está acostumbrado a señalar a otros el camino, conminándolos a salir, a irse, a alejarse, o a no regresar jamás, a veces con el dedo índice, como ahora; otras empuñando una espada encendida que se revuelve por todos lados, y, aún otras, una espada de metal bien forjado, de filo cortante, no para decir: a este árbol ni se acerquen y por aquí no se les ocurra volver en su vida, sino para degollar infantes primogénitos, como habrá de ocurrir bastante después en tierra de Egipto, todos ellos sin excepción, desde el hijo del Faraón, que se sentaba muy orondo y potente sobre su trono, hasta el de la sierva que ponía el grano bajo la rueda del molino, y el del cautivo que penaba en la cárcel, y aun todo primogénito de los animales, fueran domésticos o bestias salvajes.

La voluntad de mi señor sea cumplida, respondió finalmente Abraham, y se alejó, cabizbajo, por donde había venido. ¿Cómo es que Abraham, su tío, un hombre hecho y derecho, llamaba «mi señor» a aquel muchacho imberbe, y soportaba sus groserías con talante tan humilde? ¿Y cómo es que terminaba prestándole obediencia?, se preguntaba Lot. No se atrevía a levantarse, a pesar de que empezaban a dolerle las rodillas, ni a alzar la mirada, ya cualquier rastro de deseo evaporado de su cuerpo, y él mismo, para su propia sorpresa, se halló de repente llamándolo también «mi señor».

Mi señor, no es que quiera inmiscuirme en asuntos ajenos, pero si durante el día la ciudad está llena de peligros, el quíntuple o más lo está durante las noches, de modo que es imprudente quedarse a dormir en un portal. ¿Peligros como cuáles?, preguntó Rafael, sin dejar su aire adusto. Pueden ser robados, dijo Lot. Nada hay que puedan robarnos salvo la túnica, las sandalias y el cayado. También pueden ser abusados, aquí no hay ningún respeto por el sexo ni por la edad, y ustedes, a mi parecer, son apenas unos niños; sin atreverse a agregar: y así como van vestidos, de manera tan provocativa, y las cabezas rapadas, estarán incitando a cualquiera a meterles mano. Sobre eso último no te inquietes, que sabemos defendernos, ¿qué más? Pueden quitarles la vida. Eso es lo que menos nos preocupa, pero bueno, ya que has porfiado tanto, ¿dónde vives? En las colinas de Arfaxad, junto al Lago Salado, allí estarán de verdad seguros. ¿Pasaremos por el callejón de la Serpiente, donde a esta hora están encendidas las antorchas de los lupanares?, preguntó Rafael. No necesariamente, respondió Lot. Es que nos gustaría ver con nuestros propios ojos una muestra de la perdición de que tanto se habla. No recomiendo una excursión semejante, dijo Lot, alzando con agitación ambas manos, como si quisiera detener aquella imprudencia temeraria. Sea, iremos entonces a tu morada, y no te afanes que no seremos de mucha molestia, porque nuestro plazo es la medianoche. ¿Qué plazo?, se atrevió a preguntar Lot. Uno que ya sabrás, porque no hay plazo que no se cumpla, respondió Rafael con sonrisa maliciosa, ve por delante para que nos muestres el camino.

Apenas los dos huéspedes traspusieron el umbral la servidumbre se puso en movimiento, y ambos fueron regalados con las cortesías y honores debidos. Trajeron un aguamanil para que enjuagaran sus rostros, brazos y manos, un lebrillo y paños para lavar sus pies, y luego bandejas colmadas de frutas de la estación y viandas surtidas, además de un ánfora con el mejor vino que Lot guardaba en su bodega; y para completar su deleite, un trío de esclavos vino con sus instrumentos musicales, un arpa, una flauta y un oboe, a cuyos sones los mancebos, la sangre ya caliente y los estómagos cargados, empezaron a entredormirse bajo el sopor del vino espeso.

Mientras tanto, detrás de la cortina, ya retirados los músicos, las dos muchachas hijas de Lot, cuyos nombres no me aparecen en ninguno de los escritos consultados, pero a las que llamaremos Isara y Taora, cuchicheaban divertidas comunicándose al oído las más pecaminosas loas acerca de la belleza de los dos visitantes que cabeceaban de sueño, la piel tersa de sus cabezas rapadas en las que se reflejaba la luz de las teas, el trazado de las cejas, el talle fino, la cintura estrecha, la suave redondez de sus caderas, y se reían con necedad preguntándose si estarían bien dotados. Isara había elegido al del lunar como una gota de amonita, Taora al de la argolla de oro en el tabique de la nariz.

Y seguramente porque al ir cayendo en el sueño el control de sus poderes para asumir una apariencia definida se aflojaba, aparecían a los ojos de las muchachas unas veces con sus cabelleras largas y otras rapados, y, libres de la vigilancia de sus sentidos ahora en reposo, sus imágenes se repetían, con lo que eran uno tras otro mancebos, pastores, beduinos del desierto, vagabundos desarrapados, y también el Niño durmiéndose apoyado en su bordón de pastor. Y vuelta a empezar.

Y esto las maravillaba, pero en lugar de asustarlas, las divertía, debe ser su oficio andar por las plazas y los cruces de caminos haciendo estos trucos de magia, dijo Isara; a lo mejor si se duermen de manera más profunda veamos un tigre trenzarse en lucha con un león, dijo Taora; peor sería verlos en traza de monos, dijo Isara; nada perderíamos si fueran de esos monos nubios que se masturban, dijo Taora; y qué si de pronto pierden sus ropas en el sueño y nos aparecen desnudos, se rio Isara; así veríamos si son pichones los que duermen en su nido entre sus piernas, o serpientes que se desperezan voraces, se rio Taora.

No esperemos a eso, sino que, así, vestidos como están con esas ropas tan ligeras, vayamos a ellos y les hacemos alguna suave caricia, propuso Isara; no les disgustará sentir una mano tibia que repte por sus muslos, asintió Taora; una boca cálida que se acerca a sus labios y los muerde, dijo Isara; y la mano que acaricia el muslo y avanza más hacia adentro, dijo Taora; y una lengua fogosa se abre camino entre sus dientes, dijo Isara. Y regocijándose en todo esto se llenaban de ardor, aunque sabían que pasar de las palabras a los hechos no era sino fantasía calenturienta porque Lot, en pie, a distancia prudente, vigilaba el sueño de los dos mancebos, pendiente de su despertar.

Subieron las escaleras y fueron a buscar a su madre a su aposento, madre, hay allí dos jóvenes cuya hermosura no puede describirse con palabras. Ya lo sé, dijo Edith, que peinaba su cabellera negra en la que había algunas hebras blancas. Ella sí era bella, las hijas, puedo afirmar que no, no lo eran. Y a veces Edith se preguntaba: ¿a quién habrán salido?, demasiado flacas ambas, los huesos de las ancas sin haberse expandido, los pechos magros, Isara los ojos demasiado juntos, Taora la nariz demasiado curvada, sólo se salvaban sus bocas de labios henchidos y las hileras blancas de sus dientes. Son tentadores, dijo

Isara; para ustedes todo mancebo es tentador, rio Edith, ocupada siempre con su cabellera, de la que quitaba con las uñas las hebras blancas, no deberían pensar en otros hombres, ¿no están las dos comprometidas acaso en matrimonio? Con mirar nada se pierde, dijo Taora; sí, dijo Isara, con mirar y desear nada se pierde.

Entonces se oyeron voces, eran sus prometidos que llegaban. Acudieron a la carrera, y ya en los últimos escalones se dieron cuenta de que se oían alterados, mientras tanto Lot trataba de calmarlos. Los mancebos habían despertado ante el alboroto y se restregaban los ojos. ¿Qué pasa?, preguntó Rafael desperezándose, y Lot se adelantó hasta el lugar donde reposaban: éstos son mis yernos, mi señor, y dicen que una turba se dirige hacia esta casa. Gente de toda laya, dijo uno de los yernos, vienen con hachones, palos y espadas, se estaban congregando en la plaza de Baal. ¿A qué vienen?, preguntó Rafael, incorporándose, y Miguel también se puso de pie. Vienen por ustedes, dijo el otro yerno, «vamos a que nos entreguen a los dos forasteros que posan en casa de Lot, ese rico extranjero», gritaban. ¿Y para qué nos quieren? Lot, turbado ante la inocencia de la pregunta, vacilaba: es la corrupción de la ciudad, mi señor, todo aquí es desaforado comercio carnal, dijo al fin.

Prometiste que esta casa era un lugar seguro, por eso aceptamos tu hospitalidad, respondió Rafael, sin asomo de enojo; y encogiéndose de hombros miró a Miguel: a ver cómo salimos ahora de este trance, le dijo.

Las voces y los gritos del tumulto venían acercándose desde la calle, y pronto el resplandor de las antorchas rodeaba la casa, porque la multitud había penetrado en el jardín destrozando los rosales. El manco domador de jabalíes estaba allí, el vejete pintado con cinabrio que había resultado triunfante en el pleito a cuchillo por los favores del niño y el niño mismo, el enano del falo descomunal, que ahora lo llevaba enrollado en el cuello, chulos y ladrones, y gente del común, pero también ancianos que parecían circunspectos y vestían con elegancia, como al acecho del botín, acompañados de sus criados.

Pero hay alguien más, situado a distancia, que no empuña ninguna tea, ni profiere amenazas a voz en cuello como los demás. Sólo observa los acontecimientos, subido a un montón de piedras, la mirada absorta, preocupada. Es el tuerto que vomita pichones, del que Sara se ha despedido no hace mucho, y que cuenta historias aún no sucedidas de las que él mismo es protagonista, como esa del justo de la tierra de Uz, arruinado y lacerado por puro capricho suyo, o de quienquiera que sea que le dio esa misión. Un personaje sin nombre que anda solitario por los caminos, dual, olvidadizo, a lo mejor fantasioso, según el juicio de Sara, y al que cuesta entender, ¿de qué lado está, a quién sirve? Sobre todo ahora, cuando no me atrevo a especular acerca de su papel en la escena, y sólo puedo decir que no se comporta como un simple curioso. Ya se verá.

Catorce

Aunque parezca inoportuno en tiempos de apuro, debo dar una explicación acerca del carácter de los presuntos yernos de Lot, de todos modos destinados a una participación fugaz en el presente capítulo, no más de unas pocas horas entre la noche y el alba, pues cuando venga el funesto amanecer ya no volveremos a saber de ellos.

El uno era tratante de caballos. De pésimo temperamento, se inflamaba como paja seca en el verano, y entraba a menudo en reyertas por razón de que no le importaba la procedencia de los potrillos que compraba para crianza, no pocas veces robados a sus propietarios; pero como sabía untar la mano de los magistrados solía salir bien parado en los litigios.

El otro trabajaba joyas que vendía a domicilio, y por tanto estaba armado de un carácter obsequioso y servil, su principal virtud para desarmar a su clientela femenina a la hora de extender en el piso el paño en que envolvía su mercancía. Así que ahora que la casa se halla bajo asedio, el más belicoso y altanero viene a ser necesariamente el tratante de caballos, mientras el orfebre se queda en un discreto segundo plano, medroso como el que más, y no esperemos de él ningún papel protagónico.

Voy a salir para ver si con buenas palabras puedo calmarlos y hacer que se dispersen, dijo Lot, pero el tratante de caballos se interpuso: no se irán si no les entregas a éstos, y mira que es lo mejor que puedes hacer, porque en su cólera querrán también hacerse de todos nosotros para usarnos como mujeres. ¿Tú eres de esa opinión, que tu suegro debe entregarnos a merced de la violencia de esa chusma?, preguntó Rafael, quien seguía sin acusar alteración alguna. Ustedes son forasteros, ni siquiera sabía de su existencia cuando encaminaba mis pasos hacia acá y oí que los nombraban, y no pienso que tenga por qué arriesgar mi vida por quienes no conozco ni de nombre. No considero que nuestros nombres sean de interés, dijo Rafael. Llámense como se llamen, en mala hora vinieron, y conmigo no cuenten para defenderlos, hagan lo que ellos quieran de ustedes, que a mí no me gusta el trato carnal con hombres, y menos por la fuerza.

Lot intervino para aplacarlo, lo apartó, y mirando a los mancebos dijo: tengan confianza en mí, mis señores, que saldremos bien librados, yo sé cómo entenderme con estas gentes viles, con unas monedas tendrán para volverse a la taberna a seguir con el vino. Su gesto y discurso eran más que decididos y no valían protestas, así que el tratante de caballos le dejó abrir la puerta de la calle lo suficiente para poder pasar, y Lot la cerró tras de sí.

Apenas lo vieron aparecer a la luz de las teas, el manco domador de jabalíes gritó: ¿dónde están los dos varones que trajiste a tu casa? ¡No los escondas de nosotros que te irá peor, recuerda que no eres más que un forastero en esta ciudad, por muy rico que te hayas hecho! ¡Sólo es un préstamo, me los pasas un momento y luego te los devuelvo!, gritó el enano, mientras acariciaba su instrumento enrollado al cuello. ¡Tú que vendes al triple la mercancía de tus caravanas, al menos a esos dos entrégalos libres de costo y gravamen!, gritó otro. Las voces se insolentaron y subieron de tono, y los amotinados se adelantaron para rodear a Lot, que sentía el calor de las antorchas en el rostro y ya no se atrevió a mostrar las monedas que apretaba en el puño.

¡Hay que quebrantar la puerta con un hacha!, gritó uno desde atrás. ¿Para qué trajimos entonces cuerdas?, alzó la voz otro, hay que escalar las paredes. ¡Saquémoslos de una vez, y los desnudamos, que son nuestros!, hubo otro grito; y otro: ¡traigo grasa de carnero para untarles las nalgas! ¡Yo compro a los dos, pueden repartirse esta bolsa de oro, y me los dejan!, dijo uno de los vejetes vestidos con elegancia. ¡Nada de eso!, le respondieron, ¡todos tenemos derecho a montarlos! Y ya las antorchas quemaban las cejas de Lot, que dijo: les ruego, mis hermanos, que no cometan semejante maldad. Y un coro de risas y vituperios recibió sus palabras. ¡Óiganme, por favor, tengo una oferta!, gritó.

Entonces se callaron. A ver qué oferta es ésa, que pueda ser aceptada de conformidad por esta de aquí, dijo el enano, y dio unas palmaditas a su boa dormida, como si buscara apaciguarla, con lo que otra vez estallaron las risas. Alzando las manos, volvió Lot a gritar: ¡ustedes saben que tengo dos hijas que nunca han conocido varón, las sacaré aquí afuera, y hagan con ellas lo que mejor les parezca, pero eso es a cambio de que no causarán ningún daño ni ofensa a mis dos huéspedes, pues ellos se acogieron a la sombra de mi tejado y la hospitalidad es sagrada!

La alta voz en que Lot dijo estas palabras se dejaba oír afuera con toda nitidez, hasta donde se hallaba de pie sobre el túmulo de piedras el tuerto que vomitaba pichones, y se dejaba oír dentro de la casa, donde los dos mancebos escuchaban serenos, y los dos yernos también escuchaban, desencajados por el asombro. Las hijas, apenas su padre terminó de declarar su oferta, habían corrido enfurecidas escaleras arriba en busca de Edith, ¿has escuchado, madre?, dijo Isara entre llantos, ¿has escuchado que seremos entregadas a esa turba para que hagan con nosotras lo que quieran? He escuchado, murmuró Edith. Éstas serán nuestras bodas, dijo Taora, que también lloraba. Y Edith las amparó contra su pecho buscando sosegarlas, ya me las veré yo con Lot, eso le pasa por meter extraños en la casa, siempre ha sido así de flojo y complaciente; pero no estaba de ánimo para vérselas con nadie, la voz le temblaba, y temblaban los brazos con que buscaba protegerlas.

Pese a la violencia de consecuencias imprevisibles que está a punto de pasar a mayores allí afuera, caso este en que las distracciones en el discurso narrativo no son para nada aconsejables, y la situación comprometida en que Lot se encuentra, tan lejos de sus cálculos iniciales, déjenme que esto lo arreglo yo sin problemas en menos de lo que canta un gallo, vale la pena detenerse y preguntarse acerca de los motivos que han llevado a este padre de familia a anunciar semejante oferta, tan increíble si no la hubiéramos escuchado de sus propios labios, tanto como el cuento aquel de que el Faraón entregó como esclava a su hija, que era la niña de sus ojos, en manos de una pareja de vagabundos.

Lo primero que creo necesario descartar es que Lot procediera de esa manera porque consideraba, tal como era la costumbre de la época, que el deber de hospitalidad se imponía ante cualquier otro, y por tanto debía proteger a sus huéspedes aun a costa de sus propias hijas. Un argumento deleznable en el que no vale la pena detenerse.

Mejor hay que preguntarse entonces: ¿sabe él quiénes son realmente aquellos jovenzuelos que tiene por huéspedes, y lo que puede esperar de su poder, capaces de conceder la salvación o la muerte, a él y a los suyos? Es la única explicación, que algo se haya olido de la misión que traen entre manos, y la sumisión servil de su tío para con el que de entre ambos actúa de caporal, mi señor por aquí, mi señor por allá, pudo haberle dado alguna pista; sagaz como era en los negocios, su olfato estaba entrenado para oler de lejos las ventajas y las desventajas.

Tiene que haberlo intuido de alguna manera, porque lo que son ellos no le habían dicho hasta ahora esta boca es mía, y es más, lo de salir a enfrentar a la turba fue una iniciativa suya de último momento, confiado en apaciguar a aquella caterva con unas cuantas monedas, si no sabría Lot que la mano del rico siempre impone respeto cuando se extiende hacia los desvalidos de fortuna, y si no sabrían ellos que aquél no parpadeaba cuando la mano de un siervo suyo caía entre el polvo cortada por el filo del alfanje del verdugo, otra manera de imponer respeto.

Aunque se me ocurre que otra explicación probable puede ser el miedo. Ante el fracaso de su apelación, y ya viéndose perdido, el cerco cada vez más estrecho, tanto que puede oler el sudor agrio de aquellos hombres festinados y su aliento apestoso a vino de taberna vil y cerveza de escoria fermentada, temeroso de que empiecen por meterle mano a él mismo, lo que busca mediante aquel ardid es que le permitan entrar de nuevo, está bien, ve por tus hijas a ver qué pinta tienen y si son de nuestro agrado, aunque no creemos que mejor dotadas que esos dos que tienes a buen recaudo allí adentro, y entonces trancar la puerta y quedar a salvo, mis señores, ya hice lo que pude, pero esa gente no entiende de razones, menudo lío en el que estamos ahora metidos.

Sea una u otra cosa, el ofrecimiento de Lot no queda libre de las consideraciones morales que luego se hicieron, y que cubren páginas de páginas, aunque por lo general resulta bien parado. Agustín de Hipona alude a la conmoción que reinaba en la casa dados los extraordinarios sucesos que se vivían, tan repentinos y graves, los cuales no dejaban descanso al entendimiento de Lot para discernir con la necesaria cordura; y el Concilio Toledano lo excusa aún de mejor manera, pues establece que entre sodomía y estupro, valía escoger el estupro, se tratara o no de sus propias hijas, pues así se evitaba la comisión del supremo pecado de sodomía; y trae al caso el ejemplo del salteador de caminos a quien se puede aconsejar que en lugar de matar a los pasajeros sólo les robe, y así pecará menos.

Fin de esta reflexión. El tratante de caballos se acercó a los mancebos, y les advirtió: pasarán sobre mi cadáver antes de permitir yo que esas dos inocentes sean entregadas a los desmanes de la turba, sólo para preservarlos a ustedes. Sí, también sobre mi cadáver, dijo el orfebre, envalentonado pero sin apartarse del rincón donde se encontraba refugiado. Y para acabar cualquier discusión de una vez por todas, mejor salgan ya, ustedes escogerán si de su voluntad, o por la fuerza, dijo el tratante de caballos. Sí, dijo el orfebre, por su voluntad o por la fuerza.

Me impresiona la conducta de Lot, dijo Rafael dirigiéndose a Miguel, y como si no les hubiera prestado atención a los yernos: este hombre a quien apenas conocemos nos esperó en la puerta de la ciudad, nos suplicó de rodillas que fuéramos sus huéspedes, nos regaló con delicadeza manjares escogidos, luego ha arriesgado su vida al salir a enfrentarse a esos criminales para suplicar por nosotros; y no bastándole con eso, ofrece a sus hijas a cambio, para salvarnos de su lujuria. Por tanto, no hay duda que se trata de un hombre justo.

¿Un hombre justo que ofrece a sus hijas para proteger a unos desconocidos?, eso se llama ser candil de la calle y oscuridad de su casa, dijo el tratante de caballos, enfurecido, y se lanzó a inmovilizar a Rafael por detrás, atenazándole el cuello y los brazos, mientras el orfebre daba un paso adelante en dirección a Miguel. A pesar de la violencia que le hacían, Rafael siguió tranquilo su discurso: un hombre tan justo Lot, que con su proceder de esta noche se salvará él junto con todos los de su casa, y se salvarán aun ustedes dos.

Pero si el tratante de caballos iba a responder algo, el alboroto que se multiplicaba afuera se tragó su intento. ¡Vaya trato, nos entregas a las feas y te quedas con los galanes!, gritaba el manco, y el enano: ¿quién te ha nombrado juez de lo que debemos o no debemos recibir, estúpido extranjero?, ¡ahora verás, empezaremos a regalarnos contigo para que escarmientes, luego vamos por los efebos, y luego por tus yernos! Y ya empezaban a desgarrarle la túnica mientras otros buscaban romper la puerta con las hachas y con barras.

Lo que ocurrió inmediatamente después sigue siendo objeto de especulaciones y versiones cruzadas, y dado el tiempo transcurrido desde entonces es imposible atenerse a ninguna certeza; por eso mismo mejor conviene anotar algunas de esas diferentes versiones, tomando en cuenta aquellas que parecen más congruentes.

Rafael, con una rudeza que no le sospechaban, se desprendió de los brazos del tratante de caballos, y aunque no se dice nada de Miguel, supongo que mantuvo a raya al orfebre, cuyos amagos de intervenir no eran de todas maneras de preocupar a nadie. Fue Rafael hasta la puerta con paso acelerado, la entreabrió, estiró el brazo por la hendija, y arrastró por el pelo hacia adentro a Lot, arrancándolo de quienes lo manoseaban, y volvió a cerrarla con estrépito. A los ojos asustados de los yernos, de cordero trasquilado se había convertido en un toro de belfo espumoso; y una vez a salvo Lot dentro de la casa, la túnica en jirones y el rostro lleno de arañazos y escupitajos, recuperó Rafael su aire tranquilo y paciente.

Esta misma versión establece que los numerosos amotinados fueron heridos con ceguera desde el menor hasta el mayor, por obra del poder de Rafael, quien antes de agarrar a Lot por el pelo hizo salir de su mano el rayo que los quitó de la visión de lo próximo y lo lejano, de manera que se fatigaban buscando la puerta, y en sus filas todo se volvió confusión y desconcierto, tropezando unos con otros mientras caían derribados en tierra, y quienes buscaban huir no encontraban entre sus tinieblas el camino, con lo que, en lugar de las amenazas e injurias, lo que se elevó entonces fue un desaforado coro de lamentos. No se dice si fue una ceguera momentánea, o todos aquellos pervertidos quedaron privados de la vista para siempre; un para siempre al que bien podemos llamar provisional, pues a todos esperaba ya una pronta y merecida extinción.

Pero hay quienes sostienen que la ceguera generalizada se debió a un implacable remolino de arena que envolvió a los sediciosos, sin contemplaciones de edad ni tamaño, el niño corrupto y el vejete que se lo había ganado a cuchillada limpia, el enano con su sierpe enrollada al cuello y el manco domador de jabalíes, los viejos verdes que con sus bolsas de oro pensaban comprar a los dos mancebos para ellos solos, ciegos lo mismo que sus sirvientes, todos con los ojos ardidos llenos de arena salada. Y es de suponer que en esa confusión, alguno de entre quienes lanzaban hachazos a tientas, buscando derribar la puerta, pudo haber cortado de un tajo la otra mano del manco, o la cabeza del enano, y con ella la cabeza del reptil que rodeaba su pescuezo, una doble decapitación.

Todo es de suponer. Y si este fenómeno natural, pues un remolino de arena no es sino un asunto de carácter meteorológico, salió de la mano de alguien, es algo que conviene buscar cómo dilucidar

aun en momentos como éstos, cuando los acontecimientos se desarrollan con más premura aún, y los
plazos se están acortando.

No olvidemos que el tuerto que vomita pichones vigilaba desde su montículo de piedras la
trifulca, viendo cómo acosaban a Lot y buscaban
desnudarlo. Y ahora queda claro que no había llegado hasta allí, tras la procesión de insurrectos,
para quedarse con los brazos cruzados, pues tiene
sus propios poderes que no se limitan a vomitar
pichones; y si es capaz de rodear el mundo buscando justos no para salvarlos, sino para causarles la
ruina y llenarlos de llagas a ver hasta dónde aguan-
tan, también puede perfectamente alzar una tormenta de arena, asunto de su probada experiencia
según se ha visto, para castigar a unos malvados
incorregibles, a él no le pregunten por la sana o
torcida orientación de sus acciones. Cada quien en
lo suyo en el momento oportuno, es la regla de oro
de toda organización eficiente, y por eso mismo implacable, que recurre a veces a los servicios de los
expulsados por mal portados, aun por sediciosos,
cuando es de necesidad. Ahora permanezcan todos
donde están y no se inquieten, que esos mequetre-
fes recibirán su merecido, habría dicho Rafael una
vez cerrada la puerta con estrépito, ya Lot puesto
a buen recaudo: hay quien va a encargarse de darles un ejemplar castigo allá afuera, jamás volverán
sus ojos a ver la luz del sol, que se conformen con las
tinieblas.

Saca a toda tu gente de esta casa cuanto antes, ordenó luego a Lot, cuando ya se disolvían en
la distancia los aullidos de impotencia y desespera-

ción de los ciegos, y tiene que ser rápido porque ahora sí que he perdido la paciencia y de toda esta ciudad maldita no quedará piedra sobre piedra. ¿Éstos también?, preguntó Lot señalando a sus yernos. He dicho todos, no estoy haciendo excepciones, respondió Rafael, y ellos ya están sabidos, sube, llama a tu mujer y a tus hijas. Luego suspiró con desencanto: y yo que llegué a pensar que sodomitas y gomorreos podían ser preservados, y confieso que lo discutí con Abraham, tu tío, pero ya viste a esos de afuera, decir que se pasaron de la raya sería poco.

Como manda lo haré, mi señor, dijo Lot, y se disponía a subir en busca de las mujeres cuando el tratante de caballos lo tomó por el brazo y le habló quedamente: oiga, suegro, ¿qué es toda esta locura?, ¿adónde vamos?, yo tengo que tasar mañana una partida de yeguas que han traído desde Alepo, y no voy a dejar abandonado un negocio sólo porque este desconocido me lo ordene.

Si vienes o no vienes es cosa tuya, se oyó decir a Rafael, que había descifrado aquel susurro, toma en cuenta que perdono tus malacrianzas, y si vas a salvarte es solamente por tu parentesco con Lot. No estoy hablando contigo, dijo el tratante de caballos. Haz lo que quieras entonces, cada quien es dueño de su propia muerte, sentenció Rafael, con tal severidad que el yerno se asustó, y soltando a Lot le dejó el camino libre. Las mujeres se van a encabritar igual que éstos, agregó Rafael cuando Lot ya subía las escaleras, pero recuerda que no tienes mucho tiempo, así que impone tu autoridad.

Debo reconocer que una situación difícil se presentaba para Lot. Pues a pesar de las muestras de credulidad y sometimiento que había dado, la más notable de ellas la inicua oferta de entregar a sus hijas al rijo desenfrenado de la chusma, aún dudaba de aquel anuncio agorero, y cómo no iba a dudar, todo tan de repente y tan fuera de quicio, tal como había dudado Sara; y si dudaba él, cuánto más sus yernos, y su mujer y sus hijas, tan caprichosas y tan llenas de melindres estas dos últimas, dejar la grata comodidad de la casa y coger el camino a media-noche fuera de los muros de la ciudad, dejar su guar-darropa, sus afeites, el regalo del muelle lecho, la promesa de un desayuno bien servido; y en lo que hace a los yernos, tal como alega el tratante de caba-llos, los negocios pendientes.

Pero supongamos señales suficientes para quitarle las dudas a cualquiera. Por ejemplo, la tor-menta de arena, que el tuerto que vomitaba picho-nes seguía alzando con sólo adelantar las manos, o sacando de sus carrillos inflados, en lugar de amai-nar, arreciaba hasta sacudir las paredes y el techo, y al colarse por las rendijas hacía ya difícil respirar en la plena oscuridad, todas las lámparas extingui-das por la fuerza tenaz del viento encabritado; su-pongamos un deslumbre de rayos incesantes que en-cendían la casa de un fulgor de fósforo en el que los dos mancebos lucían pálidos como pintados de yeso, aguardando de pie junto a la puerta, el conti-nente implacable, nada de lunares como gotas de amonita ni de aretes en la nariz, sus cabelleras aho-ra flameando en el viento de la venganza; y si al-guien de los de adentro se hubiera asomado por alguna ventana, a lo mejor habría visto encima del Lago Salado aquel tumulto de nubes púrpura y escarlata, un tropel de fuego que ahora chisporroteaba impaciente por soltar sus caudales; o supongamos, en fin, un primer temblor de tierra que sacudió los cimientos de la casa, y otro enseguida que descoyuntó las vigas y rajó las paredes, mientras la tierra exhalaba por sus poros aquel vapor cálido y pestilente advertido antes por Sara. La poderosa fábrica de portentos del Mago puesta a trabajar por entero en aquel acto de purificación.

Todas éstas no son, se dirá, sino suposiciones de un profano que manosea a su gusto y antojo hechos de tan lejana data para convertirlos en historias fingidas, en las que todo puede faltar menos las invenciones, que no obedecen a reglas ni gobierno. Pero si alguien tiene otras herramientas de las que valerse, mejor lo declara pronto porque ya desciende Lot trayendo de la mano a Edith envuelta de pies a cabeza en un largo manto, y detrás las dos muchachas, envueltas de la misma manera, cargando cada una un morral en el que han metido a toda prisa unas pocas mudas, ya quitadas de cualquier rebeldía, sus figuras desapareciendo y apareciendo de lo hondo de la negrura bajo los disparos de luz de los relámpagos, y ahora sí estoy en capacidad de afirmar que por fin se hallan todos conformes en emprender sin más dilaciones el camino fuera de los muros de Sodoma, dadas las circunstancias anotadas. Todos, salvo Edith, que conforme no va de ningún modo.

Porque a esa hora, como es fácil imaginar, pensaba en su amante. Un severo dilema para ella, pues aunque estrujado el corazón no podía denunciarse, imagínenla diciendo: esperen un momento por favor, tengo que ir por Eber, estará a estas horas en algún burdel del callejón de la Serpiente pintando en una pared el retrato de una ramera desnuda, porque prefiere trabajar de noche para así tener a sus modelos en vivo. ¿Quién es Eber?, preguntaría Lot asombrado, y las hijas, que ya lo sospechaban, o lo sabían todo, a pesar de lo dramático de las circunstancias que se presentan, los temblores de tierra, la tormenta de arena, los relámpagos, soltarían alguna risita desaprensiva. Algo poco práctico de todas maneras aquella solicitud de haber sido planteada, pues a qué horas iba a encontrar nadie a Eber en semejante confusión de gente corriendo de un lado a otro como ganado asustado mientras la tierra no deja de estremecerse, un sálvese quien pueda general; así que sin más remedio debía dejar a su amante atrás. Y ya todos reunidos abajo, no se sabe si con algún deje de ironía, porque la miró a ella, Rafael preguntó: ¿falta alguien más?

No falta nadie, mi señor, respondió Lot, ya los criados que elegí esperan afuera, véase cómo era ahora el entendimiento entre ambos, que Rafael lo había autorizado a hacer aquella escogencia de los criados a su propia discreción, y entonces abrió Lot la puerta de la calle y en el jardín estaba el cadáver del enano entre los rosales machacados, la cabeza había rodado lejos, y el instrumento, sin cabeza también, yacía fláccido sobre su pecho como el pescuezo de un ánade desplumado, visión de la que las dos muchachas apartaron pudorosas el rostro, y no hay tiempo para dilucidar la sinceridad de su gesto.

Avanzaban hacia la calle tropezando con otros cadáveres, los del anciano y su niño pervertido, por ejemplo, machacados en la estampida, y bajo la lluvia de relámpagos se pusieron en camino, en tanto, atrás, sin importar que la tierra se conmovía en sacudidas cada vez más frecuentes, los criados que no habían sido favorecidos en la escogencia se dedicaban al pillaje de la casa arrumbando con ropajes, cofres, braseros, alfombras, y hasta los cacharros de cocina.

A la zaga de ellos va el tuerto que vomitaba pichones. A mí ya no me extraña que se una al séquito, pero al tratante de caballos parece que sí. ¿Y éste?, preguntó. Éste viene con nosotros, dijo Rafael, aquí ya nada tiene que hacer, su papel ha terminado, sin aclarar de qué papel se trataba, ni el yerno pidió más explicaciones, hubiera sido el colmo.

Mientras avanzaban agarrados de las manos en cadena, tal como Rafael les había ordenado que hicieran, toda suerte de pájaros caían sin vida desde el cielo oscuro, como piedras que golpeaban sus hombros y sus cabezas, halcones, cuervos, estorninos, gavilanes, abubillas, de las que gustaban a Sara junto con las torcaces, y así descendieron a la plaza de Baal donde nadie estaba para agredir a nadie, ni nadie se fijaba tampoco en los mancebos que eran la causa de su ruina, pues aquellos a quienes hallaban a su paso sólo buscaban cómo huir en desconcierto.

Confusión y miedo, lo resumo en dos palabras. Un miedo que afectaba por igual a personas y bestias; en ausencia de su amo el manco, la jabalí, tras volcarse su jaula y romperse los barrotes en una sacudida de la tierra, había quedado a su libre albedrío, y habiendo abandonado a sus crías que no podían valerse por sí mismas, seguía, acobardada, en pos de la procesión encabezada por Rafael, junto a una pareja de leones del desierto, escapados también de su encierro, dóciles como perros domésticos. Pero si aquellas pobres fieras albergaban ilusiones de sobrevivir, eran ilusiones vanas, puesto que, hasta donde se sabe, ninguna clase de animales estaba en la lista de los justos, aquí no había arca salvadora que les valiera, una pareja de cada especie ni nada parecido, y pronto les llovería fuego, ya se ha visto cómo los pájaros empezaron a sucumbir de primeros, y no digo nada de serpientes y alimañas que salían en desbarajustada de sus cuevas y escondites.

Dejaron la ciudad por la puerta de los Matarifes que nadie guardaba, mientras la pirotecnia del castigo se ensayaba en los cielos, y entonces Rafael se volvió hacia Lot y dijo: nosotros aquí nos quedamos, y ese nosotros incluía a Miguel y al tuerto que vomitaba pichones, ahora lleva a tu familia lo más lejos posible de aquí, vayan por la llanura y eviten los caminos porque sobre ellos caerá también el fuego, no sea que alguien quiera escapar huyendo por allí, y no paren ni para tomar aliento, ni menos se le ocurra a ninguno volver la vista, porque a nadie le está dado ver lo que va a ocurrir; y si alguien de entre ustedes se atreve a desobedecerme en esto, tenga seguro que no quedará para contar el cuento. Señor mío, dijo Lot, estamos muy agradecidos de tu misericordia, pero tengo miedo de ir por en medio de la llanura, no sea que por algún accidente nos alcance el mal que tienes preparado, y de todos modos muramos.

¿Qué propones entonces?, preguntó Rafael. Déjanos marcharnos a Zoar, un poblado que nos queda muy cerca. El problema es que Zoar también está en la lista negra, junto con Sodoma y Gomorra, respondió Rafael. Es un lugar insignificante que no merece tu cólera, alegó Lot. Bueno, dense prisa y escapen hacia allá, no será destruida Zoar sólo porque tú me lo pides; y es más, detendré todo hasta que ustedes hayan llegado allá, aunque eso me acarrea el inconveniente de que deberé esperar hasta el amanecer; y los despidió, haciendo una zalema a cada uno, aun a los yernos, y dijo a Edith, muy solícito, al inclinarse frente a ella: recuerda mi advertencia, nada de voltearse a mirar hacia Sodoma.

Todo un gentleman, hubiera pensado Sara de haber estado presente allí, el mancebo gasta cortesías con Edith que a mí estaría lejos de brindarme, y no tiene empacho en dirigirle la palabra; pero no eran momentos para quejas, ni reales ni imaginarias, y terminado el trámite regresó Rafael en dirección a la puerta seguido de los otros, el tuerto que vomitaba pichones siempre un tanto atrás, y penetraron en la ciudad a aguardar el alba para ejecutar de manera eficaz y expedita la operación limpieza que tenían asignada.

Quince

Los tres que he dicho se dirigen a la plaza de Baal, que a esa hora y bajo semejantes circunstancias es como un gran cascarón vacío iluminado por el resplandor púrpura que alumbra arriba, un fulgor bajo el cual el testículo solitario del Jinete de las Nubes parece una brasa tal que quien ahora acercara los labios para besarlo, como es la costumbre de los devotos, dejaría allí carne y pellejo.

Rafael y Miguel suben la escalera de los Historiadores bajo el arco de piedra, y apartan con las sandalias los cadáveres de los pájaros que han caído sobre los peldaños antes de sentarse para matar el tiempo, en espera de que llegue la hora designada, y tras ellos sube el tuerto que vomita pichones. Harías bien en darte una vuelta por ese callejón que tanto mientan, le dice Rafael. No se escucha voz humana, responde el interpelado. De todos modos obedece, siempre tienes una respuesta evasiva, lo increpa. Y el tuerto, de mala gana, se pierde escaleras arriba.

Desde donde están sentados los mancebos se oye por diversos rumbos un bullicio desesperado que parece más bien lejano, cualquiera diría un tropel de carneros que se revuelve en su encierro golpeando las pezuñas contra el suelo, chocando las astas, pegando lomo contra lomo, ¿han sido cerradas las puertas de la ciudad?, pregunta Rafael, y Miguel a su lado asiente. Son cuatro puertas de roble las de Sodoma, y cada una mira hacia los cuatro puntos cardinales, la de los Cardadores, la de los Escribas, la de los Orfebres y la de los Matarifes, tan altas y pesadas que se necesita el concurso de doce hombres robustos para abrirlas y cerrarlas cada día, y ahora han girado sobre sus goznes para encajar de un solo golpe y quedarse mudas, como bocas que no hablarán ya nunca más, mientras la gente se agita a sus pies empujada en oleadas por los de atrás, patean las jambas, golpean sus batientes con los puños, arañan hasta hacerse sangre en las uñas, pero allí seguirán las benditas puertas, sordas además de mudas, hasta que se despeñen sobre ellos junto con las piedras de los muros, igual que las puertas de Gomorra, clausuradas de la misma manera.

Los lupanares que se alinean uno tras otro a ambos lados del callejón de la Serpiente son cuevas horadadas en la piedra de la colina, los escalones labrados con picos, por donde habitualmente se desbordan los torrentes de orines, y ahora todo es oscuridad y silencio tras la estampida de las matronas, putas, chulos y entretenidos que habrán corrido en busca de alguna de las puertas clausuradas, apagados los pábilos por los soplos de la tormenta de arena con la que todo esto ha empezado, y que se llevaron también, sueltas en el viento, las cortinas encarnadas que tapaban los huecos de entrada.

Por muchas tinieblas que reinen dentro de una cueva, y allí no vale el fulgor empecinado de los relámpagos que siguen anunciando la catástrofe inminente, para el tuerto que vomita pichones no hay oscuridad que valga, y por eso es que, cuando entra a uno de aquellos lupanares, puede ver, como si llevara un foco de mano, que todo ha sido revuelto y derribado en la huida, mesas, bancas, garrafas de vino, tinajas de cerveza, y más adentro de la cueva, donde se abren los cuartos de las meretrices, un revoltijo de túnicas y mantos por el suelo, jarras y jofainas, y palanganas volcadas donde las mujeres hacen sus lavatorios de asiento.

En uno de esos cuartos, que respiran por medio de un tiro en el techo, un hombre desnudo duerme tendido de costado en la estera que le sirve de cama, la baba entretenida en su boca y entre las hebras de su barba, ajeno a la soledad a su alrededor, y peor, ajeno a su destino. En una de las paredes hay una pintura que va del techo al suelo por toda la superficie, cinco, seis personas desnudas de ambos sexos revueltas en una cama, mujeres cabeza arriba, hombres cabeza abajo, todos con caras extrañadas como si se hallaran perdidos en un bosque de brazos, piernas, senos, espaldas, nalgas, codos y rodillas.

El tuerto que vomita pichones sacude repetidas veces por el hombro al durmiente, y por fin logra despertarlo. Se incorpora apoyándose en un codo, con la mirada perdida, y se encuentra con aquel ojo nublado fijo en él. No olviden que si el tuerto que vomita pichones es capaz de ver en la oscuridad, lo mismo es capaz de hacer que los otros vean también, por qué no.

Eber, Eber, has bebido demasiado vino esta noche, mira lo que me ha costado despertarte, le dice. ¿Y tú quién eres?, pregunta el otro, sin terminar aún de volver a sus cabales. Para esa pregunta no hay respuesta. En cambio lo escucha decir: Mara, la ramera con quien sueles quedarte a dormir aquí, se ha ido a su casa, su niño está muy mal, enfermo de viruelas, y tiene que velar a su lado, no puede amanecer aquí contigo. Y luego alza la vista hacia la pared: al fin pudiste pintarlo, qué bien te quedó, te felicito, por supuesto que los bocetos son nada más bocetos, y el que mostraste a Edith se queda corto ante la realización final que has conseguido. Esas caras extrañadas reflejan la sorpresa siempre renovada ante el misterio del sexo, no hay duda; es un acto que por mucho que se repite trae novedad, una novedad donde siempre hay pasmo y desazón. Déjame ver: en los rostros de las mujeres pusiste una capa muy bien aplicada de polvo de ladrillo; pero esos labios rojos sí que me intrigan, ¿de dónde sacaste ese tinte? Tiene que ser vegetal, quizás amapolas disecadas y luego pulverizadas en el almirez, y el brillo lo has logrado aplicando clara de huevo. Para delinear los senos usaste carbón de encina atenuado con yeso, y ocre del desierto y malaquita para las nalgas, lapislázuli para esos pubis apenas insinuados: has hecho bien, no sé por qué hay quienes te califican de pintor pornográfico si tan bien dominas ese difícil arte de la sugerencia, la insinuación velada de los órganos genitales que nunca deben ser patentes, pues ahí reside la diferencia entre pornografía grosera y erotismo delicado. No soy crítico de arte, pero me admira tu destreza, aunque quizás no conseguiste que las mujeres descansen en el plano firme de la cama, y por eso más bien parecen levitar, además de que, si te fijas bien, las figuras no están proporcionadas, la niña de las tetitas apenas visibles es demasiado grande frente al anciano tan diminuto, qué pareja más dispareja, pero a mí no me hagas caso; aunque sí deberías hacérmelo en venir conmigo a asomarte afuera, te estás perdiendo la fiesta de colores de tu vida en el cielo, hay chorros de luz escarlatas, verdes, azules, dorados, estallidos grana, ciclamen y violeta, todo un regalo para un pintor, y más te perderás cuando amanezca, pero qué se le va a hacer, sigue durmiendo tu borrachera, ya no te molesto más. ¿Quién eres?, volvió a preguntar Eber antes de derrumbarse otra vez sobre la estera, y por supuesto, el tuerto que vomitaba pichones tampoco ahora le respondió, a ese respecto no tenía nada que responder. Buscó una cobija y lo cubrió, vaya si hace frío, dijo, y tú allí desnudo.

Ya que hay que esperar, y las horas aún son largas, Rafael ha dispuesto una calma relativa hasta la llegada del amanecer. Por tanto, los temblores de tierra han amainado, lo mismo que la tormenta de arena, la nube de fuego sobre el Lago Salado ha palidecido hasta casi desvanecerse, con lo que las multitudes contenidas en las puertas han aflojado sus clamores y se dispersan sin alejarse del todo, aunque hay quienes han ido a recogerse a sus casas, previsores de disponer sus lechos al descampado en patios y portales, por si algún nuevo temblor de tierra viniera a ocurrir. Otros, más osados, ensayan a regresar a las tabernas en procesión, con los taberneros por delante, y de nuevo se oyen gritos y risas de jarana, conatos de bochinches, y algún coro desafinado de borrachos.

En el entretanto, Lot y su familia prosiguen su camino hacia Zoar según han sido autorizados, y Edith, agarrada a la mano de su marido, procura que la angustia en que se consume no asome a su rostro, aunque tampoco es problema insoluble para ella esconder su desazón, pues de la cabeza a la cola de aquella columna que cierran los sirvientes no hay sino semblantes abatidos, salvo el tratante de caballos, que en lugar de compartir la común aflicción sigue enfurruñado, al contrario del orfebre, quien, dispuesto a poner al mal tiempo buena cara, hasta se permite de vez en cuando ensayar algún viejo chiste desleído, ¿qué le dijo a Jonás la ballena cuando lo escupió en tierra seca?, espero no volver a verte en mi vida, porque como buen hartón que eres te comiste el total de las existencias de los peces en mi barriga y mira en las magras carnes que me dejas; chistes que en determinadas circunstancias más bien dan ganas de llorar.

Al fin, cuando ya está amaneciendo, aparece ante sus ojos aquel villorrio de muros de tan poca alzada que cualquiera saltaría sobre ellos montado en su cabalgadura, las casas enjalbegadas de barro, sin plazas ni templos, siendo el sitio público más eminente el mercado de los semovientes donde hay corrales para el ganado mayor y menor, y jaulas para los cerdos; pero se vive sobre todo de producir los afamados ladrillos de Zoar cocidos al horno, hechos con arcilla del lugar rica en silicatos, paja muy seca, y brea que se recoge en tinajas de los charcos cercanos.

Allí no hay sino una puerta sin nombre por donde entran y salen las partidas de ganado y las piaras de cerdos y se van las carretas de bueyes cargadas de ladrillos, y que un guardián soñoliento resguarda armado de una lanza de madera, un anciano en harapos que renguea porque calza una sola sandalia y el otro pie lo lleva envuelto en trapos manchados de sanguaza.

Cuando ya dentro de los muros inquiría Lot al guardián acerca de alguna posada decente, de pronto da la vuelta en redondo y siente que falta algo en su mano, y es la mano de Edith, ¿qué se hizo tu madre?, pregunta a quien tiene más cerca y resulta ser Isara, la cabeza cubierta y las cejas blanquecinas por el polvo del camino, se encoge de hombros, no lo sé, contigo venía por delante, y es el anciano quien responde, hay una mujer de entre ustedes que ha vuelto sobre sus pasos, yo diría con bastante premura.

No será difícil alcanzarla, puedo yo ir por ella, dice el tratante de caballos, quizás algo suyo cayó en el camino y ha ido a recuperarlo, un pendiente, una sortija, un brazalete que perdió su broche. No, responde Lot, todos aguarden aquí que iré yo, y se pone en marcha bajo un cielo en carne viva, aprieta el paso, quiere correr, pero para un hombre sedentario como él, que se las pasa sentado revisando cuentas, y cuando va a inspeccionar mercancías lo llevan en una litera, era fácil perder el aliento, esta mujer terca habrá decidido por sí sola que eso de la destrucción y el exterminio eran cuentos y se diría: me vuelvo y allá los espero, yo sola pondré en su sitio cada cosa terminando con aquel desorden en que la casa ha quedado por culpa de tanta premura, barreré y asearé las estancias y prepararé un festín de bienvenida, y de pronto se detuvo, como si una sierpe le hubiera mordido el calcañal y lo paralizara con su veneno: ¿no advirtió el mancebo que quien volviera la vista atrás recibiría su castigo? Y lleno de temor, continuó su marcha forzada.

Salvo lo último, que quien desobedeciera recibiría su castigo, lo cual es cierto, pues Rafael lo advirtió muy claramente, lo demás son simples especulaciones suyas, dada su imposibilidad de asomarse al hervidero revuelto dentro de la cabeza de Edith, no tiene manera de saber que su desesperación creció de punto apenas se vio dentro de los muros de Zoar, yo aquí a buen recaudo, y Eber en riesgo de muerte, y de pronto sintió que ya no podía resistir ante la cruel incertidumbre que la aprisionaba, o rompía los barrotes de aquella cárcel o la angustia iba a hacerla rodar sin sentido por el suelo. Es sabido que el dolor de la ausencia convierte en papel mojado cualquier amenaza de castigo, y aquí no me queda sino repetirlo.

Ya es un lugar común eso de que la mujer de Lot miró atrás y quedó convertida en estatua de sal, lo cual lleva a pensar en un simple movimiento del cuello, vas caminando desde el punto A al punto B, y de repente, por simple curiosidad, o porque alguien te llama desde atrás, volteas a ver, sin detenerte, o deteniéndote apenas. Pero no. No fue asunto de un impulso único, sino que hay de por medio una secuencia compuesta de varios momentos, que a su vez involucran varios movimientos, y es ese todo, que consta de un comienzo y una culminación, lo que significa mirar atrás.

Para empezar, una vez de nuevo fuera de los muros, ella corrió de regreso a todo lo que daban sus fuerzas, y dado que sus energías eran más vivas que las de Lot, pudo llegar en breve tiempo a lo alto de la colina desde donde habían divisado los pobres muros de Zoar, y desde donde, en dirección lateral, podía divisarse Sodoma, y un tanto más lejana, Gomorra, a lo mejor Eber viene detrás, nos ha seguido desde que dejamos la puerta de los Matarifes, separado de nosotros para no dejarse advertir, y si no es así, nada me detendrá en ir a buscarlo al callejón mismo de la Serpiente si es preciso. Y fue en el momento que alcanzaba la cima de la colina cuando, por el lado de donde habían venido, el cielo empezó a derramarse en cascadas de fuego, como quien abre una compuerta, vaciándose dentro de los muros de cada una de las ciudades con estruendo atronador, y entonces ella, volviendo la cabeza, no pudo dejar de ver lo que vio.

Lo que quiero decir con todo esto es que su perdición empezó con el primer paso fuera de los muros de Zoar y se fue completando en cada momento, a cada avance de sus pies; cuando empieza a ascender la colina el mecanismo pone en marcha otra de sus bielas, y ya cuando alcanza la cima, voltea la cabeza y mira la llanura donde se alzan las dos ciudades, el mecanismo se detiene, y ya no hay nada que hacer. Lot le da por fin alcance y la ve allí, parada de espaldas. Extiende su mano para tocar su hombro, a lo mejor va a preguntarle si encontró el pendiente o la ajorca que buscaba, y lo que queda entre sus dedos son cristales de sal. Ya para entonces sólo se levantaba en la distancia una doble humareda que subía de la tierra ardida cual si de las entrañas de un horno, y arriba el cielo desollado que empezaba a tornarse verde como carne que se pudre; y lo que es

Lot, bien se cuidó de mirar hacia donde no debía, con una estatua era más que suficiente.

La mujer de Lot, se ha quedado diciendo para siempre; no se dice, por supuesto, la amante de Eber. Esta consideración me da pie para enfrentar algunas preguntas aún sueltas, en lo que respecta a la calidad y méritos de quienes resultaron elegidos para ser salvados de la aniquilación.

Es natural que esas discusiones nunca terminen, por qué ellos y no otros, qué coronas tenían, con qué criterios fueron escogidos, los mancebos no buscaron con diligencia, no compararon, pudieron haberse tomado más tiempo, era un asunto muy serio para andar improvisando, y por qué Edith y no Eber, por qué los yernos, ese tratante de caballos tan altanero. Y si por ese camino vamos, por qué Lot y sus dos hijas, con lo que luego ocurrió entre los tres.

Pero sin querer echarle leña al fuego, ¿fueron de verdad elegidos de la manera correcta, de acuerdo a los patrones de conducta generalmente aceptados? ¿O es que, en fin de cuentas, el Mago quería quedar bien con Abraham, tratándose de su parentela? ¿Fue la gratitud de Rafael ante el desprendimiento temerario de Lot, al salir a enfrentar a la turba, y luego ofrecer en holocausto a sus propias hijas, un factor determinante para que decidiera preservarlo junto con los suyos?

A mí me parece que sí, que esta última acción fue decisiva, y por consecuencia ya nadie hubo de pasar por ningún escrutinio, ni Edith en tratos clandestinos con un pintor de burdeles que le pedía depilarse pubis y sobacos, ni las dos muchachas entretenidas en pensamientos tan puercos imaginando falos de diversos calibres y potestades, y qué me dicen de la honradez de los yernos, con toda desfachatez el tratante de caballos entremetía ejemplares cojos y tuertos en una partida de potrillos sanos, el orfebre, allí donde lo ven, medroso y cobarde, solía dar gato por liebre con sus piezas extendidas sobre el paño, pues frente a los incautos hacía relucir las aleaciones de cobre, bismuto y hierro dulce como si fueran oro de la mejor ley.

Si terminó tratándose de un favor en recompensa por otro favor recibido, el método de selección empleado no debe llamar a extrañeza, pues es de esta manera como se hacen los favores, sin pararse el benefactor en consideraciones de mérito, sino más bien de gratitud, o interés, que no es este último el caso. Y si se sigue bien el hilo, el cabo va a terminar en manos de Sara, pues sin ella no hay dame y te doy; téngase presente que recorrió un buen trecho para llegar hasta Lot y convencerlo de que fuera a situarse en la puerta de la ciudad por donde entrarían los visitantes y de allí es que viene todo, de esa astucia que se abrió paso apartando los breñales de la duda, pero astucia al fin y al cabo.

Edith quedó inscrita en la lista de los justos, aunque luego le hicieran pagar con su vida la audacia de mirar hacia donde no debía, un castigo más a su desobediencia que a su infidelidad. Pues el Mago podía perdonar bigamias, alcahueterías, adulterios, y aun incestos, como va a verse luego, pero no indisciplinas ni desacatos de mujeres, les dices no comas del fruto de ese árbol y por puro vicio de desobediencia se apresuran a morderlo; no mires lo que no debes y no has terminado de advertírselo cuando ya sus ojos van raudos tras lo prohibido por puro placer de curiosidad. Para el Mago no hay curiosidad inocente viniendo de mujer.

No me cabe duda que sobra quien dirá: bien merecido se lo tenía por infiel, el matrimonio es sagrado, y miren a quién fue a escoger, un pervertido que de tan borracho se quedaba dormido en el lecho de una prostituta, y ni siquiera buen pintor era, ni idea tenía ni de planos ni de proporciones al componer sus mamarrachos. Pero quien quiera tirar la primera piedra sobre la cabeza de Edith puede darse gusto, allí tiene suficientes en las ruinas de Sodoma y Gomorra.

No sabemos qué habrá pasado con aquella estatua de sal de tamaño natural, si se deshizo con los vientos ardientes que soplaban desde las ruinas a través de la llanura, o es que Lot le habrá dado sepultura antes de abandonar Zoar. No es nada corriente enterrar una estatua de sal con los ritos funerarios correspondientes, pero, hasta donde sé, eso no le fue prohibido por aquel mancebo de armas tomar, a quien, dicho sea de paso, nunca volvió a ver.

Hay quienes afirman, con sobrada autoridad de siglos, que quedó allí para escarmiento, tal si estuviera viva, y no solamente no se deshace con la lluvia, sino que su sustancia es dura como las más firmes rocas. Y va más allá Tertuliano: *dicitur, et vivens alio sub corpore, sexus mirifice solito dispungere sanguine menses,* o sea, «se dice que aunque se convirtió en estatua de sal, sigue siendo mujer y menstrúa»; y lo mismo sostiene Ireneo de Lyon: «La esposa permaneció en Sodoma, no en carne corruptible, sino en estatua de sal permanente, produciendo sus partes naturales sus efectos ordinarios»: *uxor remansit in Sodomis, jam non caro corruptibilis, sed statua salis semper manens, et per naturalia ea quae sunt consuetudinis homini sostendens.*

Se quedó entonces Edith menstruando para siempre en la colina cada vez que llegaba su periodo, y Lot se marchó de Zoar con sus dos hijas, no viniera a suceder que Rafael se olvidara de cumplir con su palabra y dejara caer encima de aquel villorrio, preservado gracias a sus gestiones de última hora, otro torrente de fuego. De los yernos no se sabe nada, se quedarían en Zoar buscando cómo cambiar el giro de sus negocios, el tratante de caballos escogería a lo mejor el engorde de cerdos, el comerciante en joyas se habrá trocado en fabricante de ladrillos, aunque lo dudo; si se hubiera tratado de reconstruir Sodoma y Gomorra las perspectivas habrían sido halagüeñas, mas allí no habría de volver a levantarse un solo muro.

Lo único seguro que puedo decir acerca de ellos es que a la cueva no fueron. Porque Lot y sus hijas escogieron para vivir una cueva de las cercanías. ¿Una cueva por qué? Una cueva es el amparo de quienes temen, un refugio de prófugos, un lugar para esconderse. ¿Era tanto el temor de Lot a la inconstancia de Rafael, vayan y busquen a ésos que quiero revisar sus expedientes? No parece ser ése el razonamiento correcto, que Lot temiera nada; por tanto, es necesario concluir que la idea de la cueva fue de las hijas desde el principio, pues ambas tenían ya en mente lo que se proponían hacer, aunque no se lo hubieran comunicado aún entre ellas.

Una cueva que vendría a resultar como aquellas del callejón de la Serpiente.

Premeditación, alevosía y ventaja, los tres agravantes principales en la comisión de un delito. Desde el primer día en la cueva, una vez que hubieron barrido el piso y tendido las esteras que servirían de lechos, estas dos muchachas, a quienes ya sabemos poco agraciadas, se aconsejaron de la siguiente manera: oye, dijo en un susurro Isara, la de los ojos demasiado juntos, ya no queda sobre la tierra ningún varón con el que podamos acostarnos para hacer las cosas que son costumbre natural entre hombres y mujeres. Primera mentira, porque sólo les bastaba regresar a Zoar para encontrar a sus prometidos, y, además, en la misma Zoar había hombres de sobra.

¿Qué propones?, preguntó con una risita Taora, la de la nariz demasiado curvada, sabiendo de antemano lo que iba su hermana a plantearle. Que demos de beber vino a nuestro padre hasta emborracharlo, y durmamos con él por turnos, y así conservaremos la descendencia, declaró Isara. Me parece, dijo Taora, con otra risita. A su padre le gustaba el vino, y sabían ellas que si se lo ofrecían buscaría algún consuelo en la embriaguez, viudo, arruinado, metido en una cueva húmeda y oscura, después de haber disfrutado de tantas comodidades como tuvo en su casa.

Yo lo haré primero, dijo Isara, me corresponde por edad. Y tal como dijeron hicieron; y esa misma noche, allí en la cueva, dieron a beber vino a Lot, y cuando ya estaba ebrio entró la mayor de las hijas a su lecho, sin que él se diera cuenta cuándo se acostó ella a su lado, cuándo la penetró, ni cuándo ya saciada se levantó. Asunto extraño, que un hombre vencido por el sopor del vino y fuera de su conciencia pudiera alcanzar una erección, pero no voy a discutir ese extremo de que Lot no puso nada de su parte; la opinión autorizada de Basilio de Cesarea, refiriéndose al caso, es que si hay un culpable que buscar y encontrar ése es la embriaguez, un demonio voluntario que se comporta como padre irresponsable de toda malicia y enemigo jurado de la virtud, pues al fuerte vuelve desvalido, al templado lascivo, y mata en puerta la prudencia, avivando con insidia las llamas del furor lúbrico; conteste con Jerónimo de Estridón cuando, refiriéndose también al mismo caso, expresa que el borracho es un hombre más muerto que vivo y no se pueden cobrar culpas a quien vive este remedo de muerte.

Y a la noche siguiente, lo mismo, sólo que ahora fue el turno de Taora, y tampoco entonces Lot echó de ver cuándo se acostó ella a su lado, cuándo la penetró, ni cuándo ya saciada se levantó. Y de esta manera las dos hijas concibieron hijos de su padre, y los dieron a luz. Por menos que eso fueron fulminados miles en Sodoma y Gomorra, pero está visto que no se le ocurrió a Rafael venir a calcinar la cueva con todos sus moradores adentro.

Dieciséis

Cuando Abraham se acercaba a su tienda, todavía desolado y confundido por las órdenes perentorias de regresar, que Rafael le había dado tan de mal modo, recibió el consuelo de que el Mago se manifestara delante de él. Era ya de noche, y la luna menguada subía en el cielo entre nubes sucias, cuando advirtió en la vera del camino una zarza que ardía en llamas vivas, como si alguien las soplara con aliento inflamado. Después, en sus oídos estalló turbulenta la voz de otras veces, y tal como acostumbraba hacerlo en estos casos, se arrodilló en el polvo, escucho, mi señor, y manda sobre este tu siervo.

No quiero detenerte por mucho rato, sé que vienes fatigado, y Sara te espera con inquietud, oyó. El Mago era prudente cuando consideraba que debía serlo, y por tanto no se le ocurrió decirle: te espera Sara la incorregible, emprendió camino hacia Sodoma por su propio acuerdo para buscar cómo entrometerse en mis asuntos, ¿por qué será que son así las mujeres, siempre en busca de la intriga y el enredo? ¿No sabe ella que si Lot había de esperarme en la puerta de los Cardadores es porque yo lo decidí así? Y como si en las orillas del Lago Salado no estuviera sucediendo nada que mereciera la pena detenerse a comentar, entrando otra vez en la rutina le ordenó: deshace tus tiendas antes de que raye el alba y ponte en marcha hacia el rumbo de Gerar, haz jornadas de un día entero y no pares sino cuando veas que el sol va a ponerse, no te preocupes, hallarás agua y repasto para tus rebaños en tus estaciones, y así, hasta que llegues al destino que luego te revelaré.

Otra vez una orden perentoria de partir, pero nunca antes había sido tan explícito el Mago en cuanto a sus instrucciones, y en lo hondo de la cabeza de Abraham surgió una pregunta, ¿me quieres llevar, señor, hacia una tierra lejana, para que yo nunca sepa lo que en verdad ocurrió con las dos ciudades, y por eso también me despidió de tan mal modo de Sodoma tu enviado plenipotenciario? Pero está claro que no se atrevería a hacerla, y ya cuando iba a incorporarse, creyendo que el Mago se había ido, pues la zarza comenzaba a humear, apagándose, todavía oyó su voz, un tanto distante, como si yendo de camino, acordándose de algo que aún debía decirle, lo hiciera sin desandar sus pasos: debes llevar contigo a Agar y a tu hijo Ismael, y no olvides levantarme altares a discreción en las estaciones del camino, y sacrificarme un becerro una semana sí y otra no, que eso siempre me da gusto, y tampoco olvides entrar en tu mujer esta noche, y las siete noches siguientes de tu viaje, que es ahora cuando su vientre va a dar fruto. Y ahora sí, vete.

Esto último de que debería entrar en Sara un determinado número de veces lo había dicho el Mago como de pasada, una de esas cosas que en una lista de órdenes y recomendaciones se dejan para el final, pues si acaso se olvida mencionarlo no tiene importancia, lo cual no dejó de descorazonar a Abraham, lo dice por decir, pensó, es cierto que nunca antes me ha indicado que deba acercarme a Sara con tantos detalles, la noche presente y siete noches seguidas más son ocho noches en total, que no es poco ejercicio para mis fuerzas, pero bien mirado viene a desembocar de nuevo en la vieja cantinela del hijo primogénito que nunca se ha cumplido; y si al mismo tiempo me ha advertido que no deje atrás a Ismael, entonces en qué quedamos.

Sara rezongó, como era natural, ante la noticia de que el Mago había detenido a Abraham en el camino, ¿alguna otra calamidad que te haya dejado saber?, ¿alguna otra ciudad que se propone destruir? No me hizo esa clase de anuncio, dijo Abraham, más bien me dio una orden, y es que tenemos que partir mañana mismo hacia Gerar. ¡Otra vez!, exclamó Sara, eso es lejos, y el tal rey Abimelec no tiene fama de bondadoso sino todo lo contrario, además, ¿qué se nos ha perdido en Gerar? También me dijo que entre en ti esta noche y las siete venideras, confesó Abraham apartando la mosca de su cara. Vaya, se rio Sara con amargura, ahora hasta en eso se mete, cuándo sí y cuándo no, y a qué horas.

Pero obedeció. No iba a ocurrírsele ripostar a su marido: yo de aquí no me muevo, ya estoy cansada de este afán de nunca acabar; así que fue a dar las órdenes pertinentes a la servidumbre a fin de que alistaran la marcha para después de la medianoche. Ni iba a negarse a sus deberes de esposa, en mí no entras por órdenes ajenas, así que en medio de los trajines que llegaban de afuera, arcones que se cerraban, cacharros que eran metidos en cestas, rebuznos, relinchos y balidos, empezaron a cumplir lo mandado, eso sí, sin ardores ni entusiasmos, como uno más de los apresurados preparativos de la partida.

Ni tampoco, aunque tuviera que morderse la lengua, se le ocurrió preguntarle por los resultados del viaje y por qué había regresado tan pronto, si estaba Lot esperándolos en la puerta de los Cardadores y si éste había invitado a los mancebos a pernoctar en su casa, pues no quería escuchar una contestación desabrida, ¿y tú cómo sabes que Lot estaría esperándonos en esa puerta? ¿Cómo sabes que iba a invitarlos a que fueran sus huéspedes? Y menos, cuéntame qué ha pasado al fin con Sodoma y Gomorra, ¿siguen ahí o ya no están?, no fuera a recibir la respuesta que no quería oír, de aquello no queda nada, sólo una gran pestilencia a carne ardida y una multitud de buitres que al parecer son los únicos animales salvados de todo daño.

Y su inquietud, curiosidad, desazón, o ansiedad, como queramos llamarlo, se fue apaciguando en la medida que la caravana se alejaba del encinar, y cuando acamparon en el primer sitio previsto por el Mago ya todo aquello se disolvía en una niebla ligera: los mancebos que anunciaban el desastre, la lenta procesión de nubes de fuego avanzando hacia el Lago Salado como una gran hoguera silenciosa, su apresurado viaje por senderos extraviados hasta encontrar a Lot podando tranquilamente sus rosales, la voz de Edith que entonaba aquella canción melancólica detrás de las persianas.

Al ajustar tres semanas de marcha esos recuerdos eran ya más difusos, y como los parajes donde les tocaba acampar se hallaban extraviados, lejos de cualquier carretera concurrida, vivían ayunos de noticias. Sin embargo, escuchaba de lejos a los viajeros de las caravanas que pasaban muy de tiempo en tiempo, conversando con admiración alrededor de las hogueras acerca de los templos, jardines y monumentos de Sodoma y Gomorra, cuyos muros ninguno de ellos había traspuesto nunca, y sobre todo de la vida libertina que allí se llevaba, de la que nunca habían disfrutado, y se regocijaban haciendo listas de los nombres de los lupanares de mayor fama en el callejón de la Serpiente, como si no pocas veces hubieran estado allí, especialmente de uno, donde en una pared de cincuenta codos estaba pintada una cama en la que tres docenas de hombres y mujeres retozaban en alegre confusión, de modo tal que no podía discernirse qué brazo, seno, pierna, nalga, codo o rodilla correspondía a quién.

Alguna vez oyó a un aguador de camellos, llegado con una de aquellas caravanas esporádicas, contar a las mujeres de la servidumbre la historia de una ciudad, no decía dos, sino una, barrida por una lluvia de azufre y fuego en escarmiento de las perfidias de sus habitantes, y cómo una ramera que huía de la destrucción se había convertido en estatua de sal al volver la cabeza, y allí se quedó, en lo alto de una colina, sin deshacerse por mucho que le cayera la lluvia o la castigara la inclemencia del sol, y lo más asombroso de todo es que menstruaba cada vez que tocaba su periodo; una historia que en lugar de conmiseración despertó la ira de las mujeres que la escuchaban, ahora sí que te pasaste de la raya con tus invenciones, estatuas que sufren la enfermedad que es propia y natural de nosotras, ¿cuándo y dónde ocurrió eso si se puede saber?, ¿tú lo viste con tus propios ojos? Y el aguador se replegó contrito: a mí no me culpen pues no hago más que repetir lo que oí contar a un historiador en el mercado de Uruk, según su decir eso fue mucho antes de que las aguas hubieran inundado la tierra, bajaron las aguas y allí seguía la estatua, seca y entera como si nada, y en el mismo lugar sigue todavía; se acerca un viajero, le arranca una astilla de sal de la mejilla, ella gime, pero de inmediato vuelve a reponerse lo quitado de modo que siempre quedará la estatua sin mengua.

Tertuliano, ya se vio, muchos siglos después haría esas mismas afirmaciones que a aquellas mujeres de la servidumbre parecen tan poco serias, pero ni ellas ni el aguador de camellos pueden saber que una voz tan autorizada llegará a certificarlas como ciertas. En lo que hace a Sara, en lugar de mostrar enojo más bien se rio de la magnitud del invento, mira que a los historiadores de los mercados se les ocurren cosas, una estatua de sal que tiene sus periodos, por tanto también orina, defeca y expele ventosidades por el ano; risa que no se habría permitido si aquella noticia viniera a dársela alguien de tanta circunspección y seriedad como el ya referido Tertuliano, enemigo de liviandades tales como los deseos carnales, y ya no se diga si viniera a explicárselo Cipriano de Cartago, que no se prestaba tampoco a juegos ni bromas, menos en lo que se refiere a las mujeres, hechuras del demonio; ellos dos, a imagen y semejanza del Mago, tampoco se solazaban en la risa. Y menos se habría reído Sara si se entera que de quien estaba hablando el aguador de camellos no era otra que Edith, convertida en ramera en el repertorio de los historiadores, y que gemía de dolor cada vez que le arrancaban una astilla de sal de la mejilla.

Pero ningún aguador o arriero contó nunca la historia de la cueva, las dos hijas concertadas en aprovecharse de la embriaguez de su padre para que las poseyera por turnos, y que ahora, ya sin necesidad de turbarle los sentidos con el vino, vivían en promiscuidad con él, y el viejo cuidaba de los hijos habidos con ellas. Al fin y al cabo se trataba de una historia íntima, de esas que no suelen llegar a oídos de los historiadores de los mercados ni de los viajeros de las caravanas.

Pasaban los días, y Sara se sentía cada vez más fatigada de protestar ante las órdenes insensatas que su marido acataba sumiso, y no era para menos. Ahora contemplaba con resignación forzosa aquel pedregal donde acampaban, sin esperanzas de que llegaran órdenes de emprender de nuevo la marcha. El Mago había comparecido muy brevemente delante de Abraham durante el sueño, sólo para comunicarle que la siguiente estación era ésta, donde debía aguardar hasta nuevo aviso. ¿Por qué semejante sinsentido? En los lugares anteriores había agua y pastos de sobra, pero en este sitio sólo se criaban cabras que triscaban lo que podían, mientras el resto de los rebaños iban diezmando, sometidos al hambre y la sed.

Se impuso el racionamiento, menos para Ismael, a quien su padre reservaba la poca leche que podía exprimirse de las ubres marchitas, frente a lo que ella callaba, colérica. En el encinar no puede decirse que fueran prósperos, pero no la pasaban tan mal; y que el Mago los trajera hasta aquí, más que voluntad de protegerlos demostraba inquina, lo que agitaba en ella la inconformidad y el rencor que se tragaba en silencio, pues decírselo a Abraham era como hablar con una pared, y el Mago ya se sabe que no le prestaba oídos, otra pared.

Aunque el Mago no hubiera vuelto a aparecer, Abraham seguía juntando piedras, que ya se ha visto había suficientes en el lugar, para levantar cada vez un nuevo altar. Llevaba erigidos en aquel paraje al menos una docena, algo que Sara veía con aflicción, como una chifladura que lejos de remediar empeoraba, y peor, porque cada vez sacrificaba alguno de los becerros desmejorados, ya que no quedaba ninguno sano y gordo. Al Mago le gustaba que la grasa chisporroteara entre las brasas a la hora de la ofrenda, pero esta vez no podía dársele gusto. ¿Acaso son ésas las órdenes que has recibido, que diezmes por completo el ganado que te queda desperdiciándolo en ofrendas?, le preguntó un día Sara, ya fuera de sí, y él negó con la cabeza, sabiendo que mentía: no me lo ha ordenado, pero sé que es de su agrado.

A los pocos días pasó por allí Abimelec, rey de Gerar, a la cabeza de su ejército, pues peleaba una de sus tantas guerras. En la puerta de la tienda vio a Sara, quien, admirada, había salido a contemplar el paso de las tropas, los estandartes y timbales por delante de cada pelotón, Abimelec en la retaguardia en su carro rodeado de un cortejo de jinetes. Fue verla y prendarse de ella, pese a que galas de vestuario no lucía ni tampoco afeites, de dónde en aquella penuria.

Tanta fue la pasión que emponzoñó las entrañas de aquel todopoderoso, que mandó establecer campamento en las vecindades pese a las privaciones del terreno, hizo llamar a Abraham a su tienda, y otra vez contó la misma historia de que Sara era su hermana, recibió en consecuencia un crecido precio en dinero contante y sonante, y ella fue llevada a la tienda de Abimelec entre sones de trompetas; la misma historia pero más corta, porque el Mago no tardó mucho en aparecerse en sueños al rey mientras dormía tranquilamente la siesta, dicho sea de paso, cuando aún no la había tocado, pues esperaba a la noche para gozarse en ella a sus anchas, ayuno como estaba de mujer tras meses de campaña.

Esta vez el Mago tomó la figura de un anciano de cejas hirsutas, el cabello y las barbas de plata, sobre su cabeza venerable un triángulo resplandeciente que despedía rayos en todas direcciones, la túnica blanca con bordados de oro, y el manto azul sembrado de estrellas diminutas; se sentaba en un augusto trono, y en su mano derecha empuñaba un pesado cetro con el que le golpeó tres veces la cabeza, le pones la mano encima a esa mujer y eres hombre muerto, esos dos no son hermanos sino esposos, así que ahora mismo vas lo robado a devolver, porque aunque has pagado un precio, de todos modos es un robo, la mujer ajena no tiene precio tasado.

Aquel sueño ocurría en la sala de audiencias de un extraño palacio desierto, donde las columnas se elevaban sin fin hasta el cielo, y Abimelec, derribado en el pavimento de malaquita por los severos golpes del cetro mientras la sangre corría entre sus cejas, oía ahora que le hablaban desde el trono vacío porque el anciano ya no estaba, desobedéceme y perderás tu vida y tu reino también estará perdido, y antes de tu muerte verás cómo el enemigo triunfa sobre ti, degüella al último de tus soldados y se lleva entre cadenas y grilletes a todas las mujeres empezando por las de tu casa; y entonces, tomando valor, preguntó, ¿matarás al inocente?, porque fueron los dos, ella y su marido, quienes se concertaron para hacerme creer que eran hermanos, y yo estoy sin culpa. De todas maneras, oyó desde el trono, no me digas que todo lo has hecho con sencillez de corazón y limpieza de conciencia, pues no tienes por qué traer a tu lecho a la primera mujer que ven tus ojos en el camino que llevas.

Apenas despertó fue presuroso a devolver a Sara, y al ponerla en manos de Abraham, sin bajarse siquiera del carro, le hizo un reclamo que también iba dirigido a ella, no sé cuál ha sido la intención de ustedes en conjurarse contra mí, ¿en qué estaban pensando cuando se les ocurrió esta patraña? Fue entonces cuando respondió Abraham lo que ya sabemos es su costumbre, no te he mentido, oh rey, es verdad que es mi hermana, sólo que hermana por parte de mi padre pero no de mi madre. ¿Y a la vez es tu mujer?, dijo Abimelec un tanto estupefacto, supongo entonces que aquel que se manifestó en mi sueño como un anciano y luego me habló desde su trono vacío no lo sabe, que andas errante con una mujer que cuando entra en tu cama te olvidas que es tu hermana, y cuando la presentas delante de extraños sí lo es. Es lo que hemos convenido entre los dos desde que salimos de nuestra tierra, respondió Abraham, que cuando nos viéramos en peligro porque alguien poderoso como tú quisiera tomarla, diríamos lo que te dijimos. ¿Y por qué ibas a estar en peligro delante de mí?, preguntó Abimelec. Porque a lo mejor si me declarara su marido quisieras quitármela por la fuerza a costa de mi vida. Jamás haría eso, respondió Abimelec, acordándose de aquel severo anciano del trono en el palacio de columnas que se perdían entre las nubes, y de los golpes tan fuertes que le había dado en la cabeza con el cetro, pero ya basta, y quede todo atrás, a tu mujer, o sea, a tu hermana, entrego delante de ti mil monedas de oro y dos mil monedas de plata grabadas con mi cuño, que mi tesorero contará, y luego vendrá mi mayordomo trayendo para ti ganados que sacaré de los haberes de la tropa, y una partida de esclavos, y puedes quedarte en este paraje sin temor alguno, pero no saldrás de sus linderos, pues así arriesgaría a encontrarte de nuevo, y nunca más quiero que te pongas delante de mi vista.

Las monedas de oro y plata, que Sara entregó a su marido de inmediato, de poco servían en aquel paraje inhóspito que Abimelec les había dado por cárcel, donde no había nada que comprar ni que vender; los ganados recibidos en obsequio, asnos, carneros, cabros y becerros, cabras y corderos, no tardaron en empezar a morirse en semejantes soledades que no conocían la hierba verde, y los esclavos huyeron, o Abraham tuvo que liberarlos porque no tenía cómo darles de comer. Estamos peor que antes, se decía, y tú, mi señor, que no das trazas de aparecer para que me indiques qué hago, si la decisión fuera mía no vacilaría en regresar al encinar; y, además, me gustaría aclarar contigo si ese anciano del trono eras tú o no eras tú, y cómo es entonces que debo concebir tu figura, si como anciano o como niño.

Al menos Edith tiene un amante pintor de paredes de burdeles por su propio gusto y gana, y a mí los amantes me los impone mi marido, se había dicho Sara al escuchar los últimos ecos de las trompetas, cuando Abimelec se alejaba con su ejército a marcha forzada como quien huye de la peste, a saber qué amenazas habrían sido esas del Mago que tanto lo espantaron, porque de que era el Mago estoy más que segura, y ahora por dónde le ha dado, en vez de niño pastor de ovejas con su cayado, anciano soberano que golpea las cabezas con un cetro.

Hablaba de Edith en presente, y no dejaba de verla peinándose de manera pausada la larga cabellera mientras le relataba las virtudes y artificios del pintor de burdeles en la cama. Así, con el peine de marfil en la mano, quedaría en su recuerdo hasta el fin de sus años, que todavía le faltaban muchos por vivir; y ahora quisiera tenerla al lado para decirle, ya viste, otra vez Abraham volvió a las andadas y se fingió mi hermano para entregarme en brazos del rey Abimelec, pero lo peor de todo es que yo misma accedí a participar de la farsa, y, además, si antes la paga en efectivo fue para Abraham, ahora el tesorero real me la entregó a mí, con lo que he aceptado que tengo precio, vaya ruindad, oro y plata que bien podrían ser cobre porque de qué sirven en este remoto confín. La verdad, Edith, es que ahora sí estamos verdaderamente arruinados en esta tierra mezquina adonde venimos a dar, y donde es tal el silencio que a veces el sonido de mi propia voz me espanta.

Y le diría también: Agar se ha solazado al enterarse de los tratos que Abraham hacía para entregarme a Abimelec, lo he visto en sus ojos cuando subía al potro enjaezado que me llevaba al campamento del rey, dichosa ante mi vergüenza y desgracia, y ante la idea de que Abraham quedaba solamente para ella; y ahora que he regresado de manera imprevista, la que se ha solazado soy yo al ver su rostro oscurecido por la decepción. ¿Y qué es del bastardo?, preguntaría acaso Edith. Si vieras que cada vez lo soporto menos, la poca leche exprimida a los pobres animales es para él y si no recibe el cuenco lleno reclama con malacrianzas, pero eso no es nada, entra sin permiso a mi aposento, escudado en que se le trata siempre como niño, y si me encuentra en paños menores, o logra avistar mis pechos, sus ojos brillan con fulgor de adulto vicioso; y como si fuera el amo y señor mete la mano en el plato antes que su padre a la hora de comer lo poco que hay, a veces algún pellejo con algo de grasa, las tripas de algún buey viejo, cardos hervidos, ortigas revueltas con algún huevo cuando estamos de suerte con las gallinas. Te digo que no lo soporto.

Una mañana Abraham salió al campo avisado de que una cabra había sido devorada por un lobo, porque lobos sí que no faltaban en aquellos pedregales, y mientras Sara se hallaba dedicada a lavar unas prendas de ropa en el barreño, sufrió una arcada de vómito. No voy a ponerme a discutir si ya antes había entrado en sospecha acerca de su estado al faltarle la regla, o si aquél fue el primer aviso, pues habrá siempre quienes se empeñen en el aserto de que la sangre ya no le bajaba del todo, y esas controversias son de nunca terminar.

Cuando Abraham regresó del campo, muy alterado porque no había sido una cabra sino dos las que habían perecido en los colmillos del lobo, ella se guardó de comentarle aquello del vómito, no fuera a llenarlo de vanas esperanzas, ¿y si se trataba de una descomposición de estómago?; alguna consecuencia debía tener el estarse alimentando de cardos y ortigas. Pero a la mañana siguiente estaban los dos sentados a la sombra de una pobre higuera, mirándose las caras sin nada que hacer ni que decirse, y la cosa se volvió a repetir; y cuando Sara se hubo repuesto, Abraham le preguntó, cauteloso: ¿será? Y ella: ¿te ha dicho el Mago algo al respecto? Me habló, pero de eso no mencionó nada. ¿Cuándo te habló?, preguntó Sara. Ayer, cuando fui a ocuparme de los estragos causados por el lobo.

Lo que quedaba de las ovejas ya no era rescatable, infladas como estaban por la corrupción, dijo, y ya las dejaba a merced de los buitres cuando me entró un cansancio tal que mis miembros no querían responder, y entonces me recosté en el tronco de un algarrobo solitario, me dormí, y en mi sueño una gran oscuridad cayó sobre mí, como si hubiera sido elevado muy lejos, más allá del firmamento, o hubiera descendido al fondo de un abismo. Entonces escuchaste su voz, dijo Sara. ¿Cómo lo sabes?, preguntó Abraham. ¿Qué ciencia tiene adivinarlo, acaso es la primera vez?; la única novedad que encuentro es que te ha obligado a dormir al descampado para entrar en tu cabeza, en lugar de hablarte despierto. Son sus caminos, dijo Abraham. Y dices que no te anunció que voy a dar a luz un hijo. No me lo anunció. Vaya sorpresa, porque siempre empieza con eso. Que mi descendencia morará en tierra ajena, y será esclava allí por cuatrocientos años, pero después de todo ese tiempo de opresión, los míos saldrán con gran riqueza y dominio, es lo que dijo. No me hagas reír que ya ves lo caro que me sale, dijo Sara. Te lo he repetido sin agregar ni quitar palabra, y no veo motivo alguno de risa. Pues esas nuevas desgracias con las que ahora sale tu amigo, opresión y esclavitud, a mí ni me van ni me vienen, para serte sincera, dijo Sara poniéndose de pie, ¿qué pierdo yo si alguna vez llenan de cadenas a esa descendencia que nada tiene que ver conmigo?, ¿no es acaso la descendencia que te dará el hijo de la esclava, el que se bebe la leche? Que se arreglen solos.

A lo mejor recibimos pronto una visita y se nos da la confirmación, dijo Abraham. Olvídalo, por estos vergeles no aparecerán ni pastores ni beduinos ni vagabundos ni mendigos, menos mancebos, les queda demasiado lejos, dijo Sara. Vendrán cuando tengan que venir, porque para ellos no hay lugar que no puedan alcanzar por lejano que esté, replicó Abraham, malhumorado, pero tuvo que dejar a un lado su enojo porque Sara volvió a vomitar, y él vino a sostenerla por la cabeza. ¿Ya te sientes mejor?, le preguntó. El mundo me da vueltas, respondió ella. Entonces la llevó a la tienda sosteniéndola con todo cuidado, y mientras tanto le iba diciendo: perdona mi exabrupto, pero si él envía o no una embajada a reafirmarme que vas a darme un hijo es asunto de su potestad, y además, qué necesidad, si ya sabemos hasta el nombre, se llamará Isaac. Pudo habértelo confirmado él directamente si así lo hubiera querido, cuando te hizo caer dormido bajo el algarrobo, y santas paces, iba a decir Sara, pero de nuevo le vino el vómito, sólo que ahora ya no tenía nada en el estómago, y sus espasmos secos, que sacaban de su garganta un ronquido áspero, parecían los del tuerto que vomitaba pichones.

Diecisiete

El vientre de Sara empezó a crecer, ya no hubo nada más que discutir, y la primera disposición de Abraham fue que nadie se atreviera a tocar la leche que a duras penas se ordeñaba; y la vez que Ismael osó escamotear unos sorbos fue castigado por su padre con azotes, con lo que no volvió por otra, y a partir de entonces Agar supo a qué atenerse.

Mientras hilaba la ropa del niño por venir, Sara hablaba en ocasiones al Mago con alegría, aun a sabiendas de que no le prestaba oídos, me escuches o no me escuches te diré que has tardado en cumplir pero has cumplido, a veces parece como que se te olvidan las cosas, y de pronto, sin dar ningún aviso de inminencia, ni por ti mismo ni por tus emisarios, aquí estoy preñada, y por supuesto que de acuerdo a tus instrucciones este niño que viene se llamará Isaac, ni lo pongas en duda, podría pensar en mil nombres más, barajarlos hasta elegir el que más me gustara aunque fuera sólo por diversión, pero no vaya a ser y te enojes viendo en eso una veleidad; además, he de decirte que me gusta, «el que trae la risa» no es un nombre para despreciar, y quién te entiende, te disgustan los que se ríen, y ordenas poner por nombre a mi hijo el reidor. Y ojalá esto de llamarse de semejante modo no le traiga llanto, porque si me atengo a tu costumbre, cuando dices blanco uno debe entender negro. ¿Y sabes además por qué te lo digo? Porque este niño no parece que sea obra tuya sino de la fatalidad, crecerá sin mí, pues los años no pasan en balde, y cuando llegue a la pubertad a lo mejor ya estaré muerta, y antes lo estará su padre, que me saca varios años, y entonces quedará a merced de su hermanastro que lo atormentará, y hasta puede mandar a asesinarlo porque querrá el mayorazgo, no es el primer caso que se ve de quien lleva con engaños a su hermano al campo y lo mata con una quijada de burro; ahora, si es que no andas ocupado en ver qué otra ciudad vas a destruir, preocúpate de tomar cartas en ese asunto porque, de lo contrario, lo tendré que hacer yo por mi cuenta.

Fue un parto sin dolor, y quien la asistió fue la misma Agar, gran ironía de la vida, y no vaya a pensarse que se le pasó por la cabeza a la esclava estrangular a Isaac con el propio cordón umbilical. Todo lo contrario, lo cortó diligentemente. Abraham lo circuncidó a los ocho días de nacido, según era el compromiso, y al sentir la herida en su carne el niño gritó y pataleó con la fuerza de un toro. Y Sara estaba tan llena de gozo con Isaac en brazos, amamantándolo, porque no le bajaría la sangre pero la leche sí que abundaba en sus pechos, que en uno de sus soliloquios se dirigió de nuevo al Mago, me has hecho reír dos veces, la primera cuando mandaste a tus tres mancebos a anunciarme que pariría, porque creí que me estabas tomando el pelo, y ahora porque soy madre, y cualquiera que me oyere se reirá conmigo contagiado por mi dicha, después de tanta incertidumbre y tanta espera y tanta duda; y si el Mago le hubiera preguntado, ¿y ya no dudas, Sara?, ella habría respondido: no hablemos de eso ahora. Y el día en que Isaac fue destetado Abraham lo celebró con un banquete haciendo acopio de lo que pudo, una cabra flaca ensartada en el asador, y panes de harina vieja plagada de gorgojos.

Ya las cosas con Agar pasaban de castaño oscuro, y por mucho que Abraham intentara mediar entre las dos mujeres no había manera de poner paz, esa esclava, maldita sea, azuza al bastardo contra Isaac a pesar de ser una criatura indefensa, fue Sara a quejarse delante de Abraham, se burla constantemente de él para diversión de la servidumbre, ¿sabes cómo le ha puesto por apodo? Sapo. Y eso era porque el niño tenía la boca bastante grande, no en balde era una boca hecha para reír mucho. Pero la gota que derramó el cántaro fue que una mañana, en un momento de descuido, Ismael tomó al niño y fue a depositarlo a pleno sol en un hormiguero, con lo que se armó de verdad la gresca, ese tu hijo es un asesino, gritó Sara en la cara de Agar, tras limpiar a manotazos las hormigas del cuerpecito de Isaac, y el tuyo es un tarado que derrama la baba por su gran boca, gritó a su vez Agar. Y entonces, cargando al niño que berreaba, Sara miró a Abraham, que como siempre estaba en medio de ambas quitándose la mosca de la cara: o ella o yo, le dijo, o pones a esta ramera extranjera en el camino con su bastardo, o cojo yo el mío con mi hijo, y nada de medias tintas, porque no voy a permitir que cuando Isaac herede lo tuyo, el otro herede también. Dicho lo cual se retiró a la tienda, hasta donde el marido la siguió sumiso, espera un momento, por favor, que voy a consultarlo, le dijo. Consulta con quien quieras, respondió ella, pero sea cual sea el consejo que te den, estés dormido o despierto, a mí no me afecta porque yo tengo ya decidido lo mío.

Entonces se alejó Abraham hacia uno de los tantos túmulos levantados antes, llevando de las orejas una liebre parda atontada aún por la pedrada de la honda, se arrodilló delante del altar, y preguntó: ¿acaso estás ahí? He venido de prisa porque sé que me necesitas, respondió prontamente el Mago. ¿Será de tu agrado esta liebre a falta de un cabrito gordo, o de un becerro de tres años, ya que más no tengo? Pon lo que haya, respondió el Mago. Entonces apretó el cuello de la liebre, la desangró y despellejó, y luego de descuartizarla colocó las piezas sobre las brasas, y cuando el humo subía lentamente dispersándose en el aire, humilló la cabeza, ya te has dado cuenta del lío en que estoy, cuando Sara dice esta mula es mi macho no hay quien la saque de sus trece. La primera vez no te parecieron tan graves sus exigencias, puesto que cediste ante ella y permitiste que Agar tomara el camino, respondió el Mago. Eran otras circunstancias, ninguno de los dos niños existía. Ya iba esa pobre mujer cargada de tu hijo, y aun así la dejaste que se alejara hacia el desierto, sin agua ni alimento. Yo sabía que era una bravata pasajera de Sara, que Agar regresaría pronto, y que todo se pondría en paz de nuevo, como al fin ocurrió. No lo sabías, volvió porque yo se lo ordené, dijo el Mago. Es lo que yo quería decir, mi señor, respondió Abraham, y por eso pido de nuevo tu intervención.

El costillar abierto en canal y los cuadriles se quemaban sobre las brasas mientras la humareda se hacía más densa, y en nada se diferenciaba la liebre, allí a merced del fuego, de una rata de monte. De todos modos, tú ya empezaste a escoger desde que quitaste la leche a Ismael, suspiró el Mago. Sara la necesitaba más, alegó Abraham. No entremos en discusiones vanas, lo hecho, hecho está, tampoco lo tomes como un reproche. Aquí espero, de rodillas, tu resolución, volvió Abraham a abatir la cabeza, dime qué hacer, y serás servido. Haz caso a Sara, respondió el Mago después de un rato de silencio. ¿Cómo, mi señor?, se sorprendió Abraham. El asunto no es tan grave como lo estás viendo; ya llegó la hora de poner cada cosa en su sitio, y soy del criterio que Isaac, que representa tu descendencia legítima, debe permanecer a tu lado, mientras tanto la esclava debe partir con Ismael, no hay más remedio. Pero mira dónde estamos, mi Señor, ésta es una tierra hosca, sin fruto, apenas se alejen un poco de mi protección empezarán a padecer sed y hambre, y mientras más se alejen, quedarán a merced de los lobos. De eso no te preocupes, porque yo los protegeré, y no perecerán, pero contigo no pueden permanecer; una cosa es una esposa y su hijo legítimo, y otra una concubina y su hijo bastardo. ¿Es tu última palabra, mi señor? El humo empezó a disiparse, y el Mago ya no habló más. Se había ido.

Tú ganas, le dijo a Sara al regresar a la tienda, se hará tu voluntad. Y a la mañana siguiente se levantó muy temprano, fue en busca de Agar, le entregó unas obleas de pan duro en un morral y un odre de

agua que puso sobre su hombro, llamó al muchacho, y los despidió. ¿Había lágrimas en sus ojos? Es
de suponer. Quien de cierto lloraba era Ismael,
pero de furia, mientras que los ojos de Agar permanecían secos. Otra vez, como hacía tiempo, andaría
errante, sólo que ahora llevaba al lado a su hijo, y no
en el vientre. Y Sara, que desde la puerta de la tienda los veía alejarse mientras cargaba a Isaac, alzó los
ojos al cielo encendido como una lámina de estaño,
el pecho lleno de gozo, y rio otra vez. Si me estás es-
cuchando, que no lo creo, pues oye que me río por
tercera vez porque le has aconsejado al flojo de
Abraham lo justo, aquí la esposa, allá la concubina,
aquí el heredero legítimo, allá el bastardo.

Tras leguas de andar sin rumbo bajo el sol
que parecía encender con su lumbre desnuda la arena que pisaban, el agua del odre se había agotado
porque Ismael se quejaba a cada momento de sed,
y del pan ya no había en el morral ni una migaja, si
de todos modos era una poquedad. Así que pasado
el mediodía Agar perdió toda esperanza, sentó al
hijo extenuado debajo de un arrayán vestido de
flores blancas, y ella fue y se acomodó enfrente, al
descampado, a la distancia de un tiro de arco, la cabellera tan ardiente como si fuera a coger fuego,
diciéndose: morirá pero yo no lo veré porque me
falta el valor de dejar que expire en mis brazos, y
cuando muera ya vendrán los chacales, o los lobos,
o los leones, a hacerse cargo de mí. Y cuando lo oía
lamentarse se tapaba las orejas.

Escuchó el sonido de unas esquilas, y cuando alzó la vista el Niño se acercaba a la cabeza de su
tropilla de ovejas apoyándose a cada paso en su ca-

yado, estoy perdiendo la razón ya que la lumbre del sol se está metiendo en mis sesos, se dijo, pero es el mismo niño y si viene es porque me mandará que regrese al lado de Abraham. Y de pronto ya estaba junto a ella, el tintineo de las esquilas se había callado porque las ovejas se habían borrado en la luz candente, y sólo quedaban sus cagarrutas regadas en la arena. Agar, esclava de Sara, ¿de dónde vienes y para dónde vas?, preguntó el Niño muy sonriente. No voy a ningún lado sino a la muerte, dijo Agar, a mí déjame morir, pero salva a mi hijo. Nadie se está muriendo aquí, he oído su llanto y por eso he venido, levántate, álzalo y llévalo a beber a aquel estanque a tu izquierda, junto a la piedra. Agar giró la cabeza y no vio ningún estanque. La otra vez fue un pozo, dijo Agar. Pero ahora es un estanque, dijo el Niño; pozo, o estanque, lo importante es que aplaquen la sed. Te estás burlando de mí en mi aflicción, oh Niño, dijo Agar, pues allí no hay estanque alguno. Haz caso, le dijo él, ve por tu hijo.

Obedeció, llevó a Ismael al lado de la piedra, y el Niño, que se había adelantado, dio un golpe sobre ella con la vara, y el agua comenzó a salir a borbotones hasta formar un estanque; entonces Agar y el muchacho se echaron en tierra para beber, y ya saciados Ismael llenó el odre. Ese odre siempre estará colmado a lo largo de su camino, por más que beban de él, dijo el Niño, y en el morral tendrán siempre pan recién horneado. ¿El camino de regreso a la tienda de Abraham?, preguntó Agar llena de esperanza. El Niño negó rotundamente con la cabeza: de eso, ni hablar, allí no pueden regresar más; anden hacia la derecha, y llegarán a un valle fértil cercado de colinas donde morarán con bien y nada les faltará. ¿Entonces mi hijo no recibirá nada de la herencia de su padre?, se lamentó Agar. Me temo que no, dijo el Niño, pero será un buen tirador de arco. ¿Qué me viene o qué me va que sea tirador de arco?, dijo Agar, sulfurada, soldado de fortuna, querrás decir con eso. No, mujer, un guerrero será, y cabeza de un pueblo aparte, y es más, de su semilla saldrán doce reyes. Me estás hablando de tiempos lejanos por venir que no me interesan, húndanse esos reyes bajo el peso de sus coronas y yo en paz, que para entonces no seré sino un montón de huesos. Quien no ve más allá de su nariz es un caso perdido, sonrió el Niño. Y mientras tanto Isaac, ¿qué vendrá a ser de él?, preguntó ella, con algo de desafío en la voz. ¿Y a ti qué, lo que venga a ser de Isaac?, estás aquí viendo cómo perece tu hijo y dispuesta a dejarte morir tú misma, has sido salvada y te muestro un camino benévolo, y piensas en Isaac. Pienso en él como un ladrón que roba lo que es de mi hijo, dijo Agar. El Sapo, dijo Ismael, que hasta entonces había callado. Deberías enseñarle mejores modales a este niño, dijo el Niño, que empezaba a volverse transparente para disolverse en el aire igual que se había disuelto su rebaño. El arrayán vestido de flores blancas desapareció, la copa primero, el tronco después, y el estanque se evaporó, pero un pez quedó palpitando sobre la arena hasta asfixiarse, porque el Mago se había olvidado de él a la hora de desmontar el espejismo.

Por fin se salió esa mujer con la suya, dijo Agar, poniendo la mano en el hombro del muchacho, ella me sacó de Egipto, ella me metió en el lecho de Abraham y yo le obedecí por ser su esclava, y ahora me paga con esta moneda. No sigas reclamando nada de esos perros, dijo Ismael, que escupió en la arena, y se puso por delante de ella para proseguir el camino, cargando el odre.

Dieciocho

Y allí dejo a Agar y a su hijo prosiguiendo el camino del destierro. Algunos muy atrevidos afirman que Ismael volvió años más tarde al lado de su padre para acompañarlo en su lecho de muerte, y que junto con Isaac lo enterró en la cueva donde ya reposaba Sara, ambos muy hermanables y unidos por la misma pena. Pero esto del retorno de Ismael, curado de amarguras, resulta una historia demasiado feliz, y por eso mismo merece dudas. Ya han escuchado cómo aun siendo tan niño quiso que a su hermano se lo comieran las hormigas y luego, haciéndose cargo con rencor de su condición de bastardo a quien se niega de manera tan tajante el techo paterno, llamó perros a su propio padre, a la madrastra, y al hermanastro, y luego escupió en señal de desprecio.

No se dice tampoco si Agar seguía viva cuando se dio ese hipotético regreso, porque, de ser así, por muy anciana que estuviera, ya sin poder levantarse del lecho, los huesos quebrantados por la artritis aunque claro como el agua su entendimiento, seguro no hubiera dejado al hijo emprender aquel viaje deshonroso siendo tan orgullosa como era. El recuerdo de los agravios ya se sabe que es tenaz. Pasan años, la brasa no se contenta con aplacarse y más bien se aviva en ráfagas que avienta la memoria, y el sucedido se queda fijo para siempre martillando y martillando en la cabeza: se van y aquí no vuelvan más, lleven este odre de agua para el camino, estos panes, y arréglenselas como puedan, la intimidad entre nosotros fue un error de mi parte, oh esclava, y este niño la consecuencia de ese error, pero así es la debilidad proverbial de la carne, mas ahora tengo ya aquí conmigo al heredero que me ha sido dado y prolongará mi descendencia; y así por el estilo.

Quienes ofrecen esta improbable noticia del retorno de Ismael para cerrar los ojos del mismo que lo había echado de niño con su madre exponiéndolos a la muerte, no aclaran si es que volvió rico y poderoso a cumplir su deber filial, o pobre de solemnidad. Pero a manera de un ejercicio, supongamos que volvió pobre. Si fue así, necesariamente hombre ya de cierta edad, lo cual haría más humillante su pobreza, no queda más que verlo en papel de segundón, comiendo en la cocina con los criados y ayudando en las tareas domésticas para darse a querer del heredero legítimo, quien lo trataría con indulgencia, la cual no es, al fin y al cabo, sino una forma encubierta del desprecio; y es imposible que Isaac no pensara: éste algo anda buscando si se presenta a última hora pero de mí no tendrá ni esto, y enseñaría un reducido espacio entre el pulgar y el índice.

Ahora, otra cosa distinta es Ismael podrido en plata, túnica bordada y turbante guarnecido, ahíto de comer todo lo que se le antoja, y entonces Agar lo llama junto a su lecho, se está muriendo por fin tu padre, ve, elige una tropa de tus esclavos más airosos, vístelos con las mejores galas, escoge los camellos más jóvenes y fuertes y cárgalos con tu tienda suntuosa que pondrás al lado de la tienda de Isaac para que lo carcoma la envidia, lleva en tu equipaje una mortaja tan rica que no pueda negarse a vestir con ella el cuerpo de Abraham, quemarás mirra y pagarás el banquete fúnebre, darás óbolos a los mendigos y una vez pasado el entierro levantarás campo y partirás sin despedirte, de modo que sólo adviertan que te has ido por los rescoldos de las fogatas.

Aparte de especulaciones, llegó el día en que el Mago ordenó por fin a Abraham mover sus tiendas hacia la tierra de los filisteos, un valle de regadío donde plantaría un tamarisco, y allí moraría hasta nueva orden. Y otra vez obedeció, contenta su alma de dejar atrás aquel erial, siendo para entonces Isaac de la edad de nueve años. Puso campamento en el nuevo lugar, sembró el árbol según lo indicado, y pronto pudo entrar otra vez en la prosperidad gracias al tesoro que le había entregado el rey Abimelec, haciéndose de tierras, ganados y esclavos.

Una mañana en que Sara recogía sarmientos para encender el fuego, pues siempre había despreciado la ociosidad así fuera otra vez rica, vaya sorpresa, aparecieron los emisarios por el camino que se abría entre las viñas cargadas de racimos. Apenas tuvo tiempo de entrar a la tienda y retirarse detrás de la cortina. Venían en número de tres, en apariencia de mancebos como en la última ocasión, ahora tan lejana. Eran los mismos adolescentes delicados como doncellas, con sus túnicas cortas de seda y sus sandalias doradas, y como hacía viento, sus cabelleras sueltas sobre los hombros se habían prendido de briznas. Pero tras ellos, rezagado, se acercaba un cuarto, clavando sin premura el bordón en el suelo, como si no tuviera mucho interés en llegar hasta la puerta de la tienda.

Lo reconoció de lejos. Era el tuerto que vomitaba pichones. Iba descalzo, los pies manchados de cagarrutas blanquecinas, y vestía la misma túnica basta, sucia en el repulgo, y cuando llegó por fin junto a los demás de la partida, su ojo sano pareció encandilarse y el otro oscurecerse al adivinar los de Sara, que espiaba desde su escondite, como si le dijera: mírate en ellos, uno es el espejo del cielo, el otro la negrura del abismo, mientras en sus labios se dibujaba una sonrisa de conmiseración.

Abraham, que se hallaba en los corrales, vino enseguida y se postró ante los cuatro, sin que pareciera preocuparle la presencia del nuevo emisario. Cuando hubieron comido y bebido se dispusieron a exponer el motivo de su visita, y ella estaba decidida a no perderse palabra. A lo mejor traían noticias sobre Sodoma y Gomorra, tan lejanas y extrañas ahora como si sólo hubieran sido un sueño soñado hacía tiempo, y sobre Lot y su familia. ¿Se habrían librado con bien? ¿Seguiría Lot cuidando sus rosales mientras escuchaba cantar a Edith detrás de las persianas? Si el tuerto que vomitaba pichones estaba allí, quería decir que no hubo exterminio. Pero esa misma deducción de pronto la horrorizó. Si estaba allí es porque era inmune a la muerte, como los otros emisarios.

Venimos en una comisión algo delicada, empezó diciendo Gabriel, el mensajero de siempre para los asuntos domésticos, el que no se anda con vergüenzas al ordenar que hay que sajarse el prepucio. Pero apenas había empezado su discurso, ya no era el mancebo de unos instantes atrás, sino un pastor de pelambre enmarañada y barba hirsuta, y las pieles mal curtidas que lo vestían olían tan mal que el tufo llegaba hasta las narices de Sara, mientras tanto los otros dos seguían siendo tan mancebos de piel lozana como antes. En casa de Lot, aquella noche, desapercibidos porque se entredormían, cambiaban de una a otra catadura, pero esto de Gabriel, de pasar de mancebo a pastor, tenía todos los visos de ser deliberado, juego o amenaza, escoja Sara a lo que mejor se avenga.

Lo que mande mi señor, que de tantas bondades me ha colmado, respondió Abraham, humillando la cabeza, sin hacer caso de la transformación, o a lo mejor sin percatarse de ella. ¿Conoces dónde está la tierra de Moriah? Conozco, dijo Abraham. Bien, la hora es temprana, de modo que si te pones en camino ahora mismo, a buen paso alcanzarás a llegar al mediodía de pasado mañana. Será menos si monto la acémila, dijo Abraham. En ese caso llevas en ancas a Isaac tu hijo, y tus criados te seguirán a pie; busca dos de ellos que sean fuertes de piernas. ¿Y por qué debe venir Isaac?, preguntó con sonrisa un tanto servil Abraham, como si quisiera decir: pregunto por preguntar, ya sé que la voluntad de mi señor es para mí una orden que no voy a ponerme a discutir, además a Isaac le encantan las excursiones sobre todo cuando salimos a cazar liebres, al regreso ya tendremos tiempo de detenernos en el camino y agarrar algunas.

El muchacho vendrá contigo porque lo amas por sobre todas las cosas, fue la respuesta tajante de

Gabriel; vas a ese lugar que veo ya conoces, y en un monte que reconocerás porque está hecho de arena rojiza, harás un holocausto. Isaac vendrá con gusto, respondió Abraham, con más servilismo aún, y le pediré que él mismo escoja el cordero para el sacrificio. No habrá necesidad de cordero, dijo Gabriel. No entiendo, se extrañó Abraham, siempre complaciente. Entonces el pastor se acercó a su oído, a la manera en que se proponen los negocios sucios, las complicidades y las impudicias, y lo envolvió con su aliento de muelas cariadas para susurrarle algo que Sara no llegó a escuchar por mucho empeño que puso; o por el contrario fue el mancebo con su aliento de niño recién destetado, cualquiera sea el caso.

¿Mi hijo? ¿Sacrificar a mi propio hijo?, preguntó Abraham con alarma, sigo sin entender, mi señor, y miró a Gabriel con angustia, y también miró a los otros, igualmente suplicante, y todos ellos permanecieron impasibles, es lo que es, y se acabó, salvo el tuerto que salió de la tienda y se alejó hasta la viña para escoger entre los racimos el más hermoso que halló, lo tronchó, y regresó comiéndose las uvas con avidez mientras el jugo chorreaba por su barba. Adivinó otra vez a Sara entre los pliegues apenas entreabiertos de la cortina, y de nuevo su ojo sano pareció encandilarse y el otro oscurecerse. Entonces ella se asomó más de lo que la prudencia recomendaba y le devolvió suplicante la mirada, no sé en verdad por qué has venido en compañía de estos asesinos, no sería a ofrecerme uno de los pichones vomitados de tus entrañas, pero lo único que saco en claro es que mi hijo va a ser degollado como un ino-

cente cordero, y si tienes algún poder que yo igno-
ro, ejércelo, y sálvalo. Él se desatendió de ella, sin
embargo, se limpió los labios, salió otra vez de la
tienda, tiró el escobajo donde no quedaba ninguna uva después de examinarlo a conciencia, y alzó
la vista hacia las nubes.

Mientras tanto Gabriel tardaba en dar respuesta a la desolada pregunta de Abraham, ocupado como estaba en escarbarse los dientes en busca de
una hilacha de carne, pero al fin habló, sin cuidarse ahora de delicadezas como esa de acercar la boca
al oído del oyente: pues creo que lo has oído bien,
sacrificarás a tu hijo en el altar precisamente porque
te es lo más querido, y por eso mismo nos será gra-
to; y como no deseamos atrasarte en los preparativos de tu viaje, una vez que ya sabes lo que venimos a
decirte, nos vamos, no sin antes rogarte que des las
gracias a Sara por habernos regalado un refrigerio
tan espléndido, una leche tan fresca y espumosa, un
espaldar de carnero tan dorado por fuera y tan tier-
no por dentro, ni muy salado ni muy desabrido, como sólo ella sabe cocinarlo, aunque a veces tenga sus
pifias y eso no es de extrañar pues la mano más sa-
bia en ocasiones yerra.

Detrás de la cortina Sara se dobló de rodillas
y se tapó la boca con el puño, no por temor de que
un alarido suyo llegara a oídos de aquellos desal-
mados, ya podían oírla gritar cuanto quisieran, sino
porque quería atajar al corazón que buscaba salír-
sele por la garganta, como una liebre asustada de
las que Isaac gustaba ir por los montes a cazar. Pero
los visitantes ya se habían ido y Abraham permane-
cía mudo en la puerta de la tienda hasta donde ha-

bía salido a despedirlos. Ella se incorporó, y tropezando corrió hasta él. ¡Se ha vuelto loco!, le gritó, mientras lo sacudía por los hombros, ¡el Mago se ha vuelto loco!, ahora quiere que con tu mano mates al hijo que tanto tardó en darme.

Abraham siguió sin decir palabra, con la vista fija en el camino. Tenemos que huir de aquí y escondernos en el fin del mundo, volvió a gritar Sara; pero ahora, aunque el esposo parecía haber vuelto en sí, no reparó en sus gritos, sino que llamó al mayordomo y le dio orden de que enalbardara la acémila y escogiera dos hombres fuertes de paso rápido porque saldrían de inmediato hacia Moriah, mandando por último juntar un haz de leña que uno de los sirvientes cargaría. ¡Entonces tú también te has vuelto loco!, volvió a gritar Sara, mientras lo sacudía aún con más energía. No puedo desobedecer, le respondió por fin Abraham, y dejó caer los brazos a sus costados en señal de impotencia. ¿Que no puedes desobedecer? No puedo. ¿Y a cuenta de qué no puedes, si todo ha sido una mentira desde el principio?, mira que nos sacó de nuestra tierra ofreciéndote descendencia, y qué descendencia tendrás ahora si asesinas a tu hijo. No lo asesino, lo sacrifico en ofrenda. Qué bonita diferencia, de todas maneras le vas a meter el cuchillo en la garganta hasta que se desangre. Él lo pide, respondió Abraham. ¿Él, ellos, cuántos son, al fin y al cabo?, ahora envió a cuatro para ordenarte semejante atrocidad, primero mancebos todos, después uno convertido en pastor, bonita diversión, y además, para mayor escarnio, ese tuerto ruin de los pichones que se dedicaba a atragantarse de uvas mientras se pronunciaba la sentencia de muerte de mi hijo. En sus designios no hay atrocidades, dijo pacientemente Abraham. Nunca me perdonó que me riera cuando te anunció que quedaría preñada, y ahora su venganza es quitarme a mi hijo, clamó Sara, y no se dio cuenta que tenía el rostro bañado en lágrimas hasta que sintió arder sus mejillas. Él no es vengativo, dijo Abraham. ¿Que no?, jamás he visto a nadie más vengativo y rencoroso, ni siquiera es capaz de olvidar la vez que la carne supo amarga porque se me abrasó en el asador. No hables de esa manera, dijo Abraham. ¡Todavía me pides cortesías!, rabió Sara, vengativo, rencoroso, falso, desleal y mentiroso, su plan de siempre ha sido entregar tu descendencia al hijo de una esclava, seguro que los tiene a ambos a buen recaudo, prosperando, mientras yo me voy a la tumba porque si pones tu mano en el cuello de mi hijo, ponla también de una vez en el mío.

Se sintió de pronto exhausta y entró de nuevo en la tienda. Atravesó la cortina, se derrumbó sobre la estera y se llevó las manos a los oídos porque la ofendía cualquier sonido, el chirrido de un grillo, el arrullo de una paloma, los balidos que llegaban de los corrales, las voces y las risas de los criados, y aun así alcanzó a escuchar la palabra liebre en boca del padre y en boca del hijo, de regreso cazarían liebres, era la temporada en que las liebres estaban gordas y por eso se cansaban de correr, traerían las liebres muertas colgadas del arnés de la acémila, y al solo regresar las despellejarían y guisarían una en aquella salsa de lentejas con pimientos, comino negro y coriandro que tanto gustaba a Isaac, con las pieles el padre haría coser al hijo un gorro y unas alpargatas para el invierno.

Y en eso, sintió una mano posada en su frente, como si el dueño de aquella mano buscara saber si tenía fiebre. Entreabrió los ojos y adivinó una figura de rodillas a su lado, el rostro en la penumbra. Vio los pies descalzos, los dedos encogidos como garras, y luego el repulgo de la túnica de manta basta sucio de cagarrutas de pichones. He leído la súplica en tu mirada cuando espiabas entre los pliegues de la cortina, oyó, y la mano cálida le cubrió los ojos. Sálvalo, pidió con un hilo de voz, salva a mi hijo de su muerte. Quien puede salvarlo eres tú misma, respondió él quedamente. A mí nadie me oye, nadie me hace caso, ni mi marido, mucho menos el Mago. Levántate y ve en pos de tu hijo sin que Abraham se dé cuenta que lo sigues, ya tienes experiencia en esa clase de excursiones. Aquella mano sobre sus párpados le producía sopor, como si su cuerpo se disolviera en el vaho de un pantano. ¿Cómo podía haber visto sus pies descalzos y la guarda sucia de su túnica, acostada boca arriba y la frente inmovilizada bajo la presión de su mano, y cómo podía seguir viendo pies y túnica ahora que esa mano le cubría los ojos, si no era como se ven las cosas en los sueños? Estoy soñando, déjame, dijo, y se revolvió queriendo librarse de la mano; pero fue inútil.

No te distraigas en eso de que si duermes o estás despierta que el tiempo corre de prisa porque no es una liebre gorda, y vete tras tu marido con paso leve para que los otros no te oigan, pues aunque van ya lejos tienen el oído fino y tampoco yo puedo atrasarme mucho porque me echarán en falta. No tendré fuerzas, dijo Sara. Las tendrás, y cuida de ir esta vez a pie, no conviene que montes la acémila porque el ruido de sus cascos te denunciaría; y cuando llegue Abraham al punto acordado deja que levante el altar, y en el momento preciso detén su mano antes de que golpee el cuello de Isaac con el cuchillo. Tendré que luchar con él para quitarle el cuchillo. Harás lo que haya que hacer, anda, levántate y no te entretengas más.

¿Por qué haces esto siendo como eres de los mismos?, preguntó Sara. Las mujeres necias son como zarcillo de oro en el hocico de un cerdo, y llenan su boca de preguntas necias, tantas que deben escupirlas, mas yo siempre te he tenido por astuta; así que haré de caso que no me lo has preguntado. ¿Volveré a verte?, preguntó ahora, con el pecho de pronto henchido de gratitud. En lo que hace a la plaza de Baal, nunca más. Y antes de que los pies se borraran en la penumbra, seguidos del borde de la túnica, como se borraron, Sara hubiera querido preguntar por Sodoma, y por Edith, algo debería saber él siendo como era de la partida del Mago; pero no tenía tiempo que perder, ni su cabeza cabida para asuntos ajenos a su urgencia en los que detenerse a pensar, así que se levantó y se puso en camino.

Diecinueve

Como ya he anotado, los tres forasteros, en ocasiones con cuerpo y cara de muchachas, que eran a la vez uno, tenían nombres propios, Rafael, Miguel y Gabriel; o eran ésos a lo mejor seudónimos, como corresponde a agentes curtidos y bien entrenados que no vacilan en poner mano a la acción que se les ordena. Pueden ser tareas de orden doméstico, aparentemente inofensivas, anunciar la concepción a una señora estéril sin esperanza alguna de parir, cómo será eso posible si ya me alejé del goce carnal hace tiempo; o lo mismo a una jovencita casada sin trato carnal con su marido, y por eso sorprendida, cómo va a ser eso si a mí nunca ningún hombre me ha tocado. Dentro de las tareas de esa misma naturaleza, hay otras un tanto de mayor envergadura, como urgir a unos humildes consortes para que huyan de inmediato y así libren al hijo de una degollina decretada por un rey psicópata contra todos los niños de tierna edad, levántate, toma al niño y su madre, huye a Egipto y quédate allí hasta que yo te avise; sin que desgraciadamente esta advertencia salvadora se pueda extender a los demás padres de familia, que ya sabrán lo que es el lloro y el crujir de dientes al ver las cabezas de sus vástagos desparramadas por el suelo de sus hogares, o en calles, avenidas, atrios y plazas donde las madres han visto interrumpida su fuga en procura desesperada de ponerlos a recaudo de la espada de los sayones.

También cumplen tareas de orden público, he dado ejemplos, como es el caso de destruir una o varias ciudades protegiendo al mismo tiempo la vida de los justos escogidos de dedo, apúrense y ni se les ocurra mirar hacia atrás que no respondemos de las consecuencias; o, en otras ocasiones, previniendo a los elegidos mediante la ordenanza general de usar un hisopo empapado en sangre de cordero recogida en un lebrillo para pintar una señal en sus puertas, escuchen bien que no vamos a repetirlo dos veces, si a la hora señalada a alguien se le olvida marcar su respectiva puerta, ya será tarde para enmendar su negligencia y perecerá junto con toda su familia y servidumbre, igualados en la muerte fulminante que recibirán los impíos.

Y entre los ya dichos Rafael, Miguel y Gabriel, también se halla ahora, aunque su papel está sujeto a ciertos bemoles, el tuerto que vomita pichones. Es como Sara lo llama porque no sabe su nombre, ya se lo preguntó y él le salió con evasivas. La lógica me lleva a suponer que si para entonces tenía asignado un oficio mundano en la plaza de Baal, es porque cumplía el papel de agente encubierto destinado a informar de manera fehaciente acerca de la concupiscencia generalizada que llevó a Sodoma a su propia destrucción, igual que a Gomorra, donde él mismo, en distinto disfraz, arriero, aguador, criado doméstico, mozo de fonda, sirviente de lupanar, también vigilaría el grado de perversidad a que sus habitantes habían descendido, como quien mide diariamente la temperatura del agua para avisar a la superioridad cuando aquélla ha alcanzado su punto de hervor, y que por tanto el tiempo del castigo ha llegado.

Ya no se trataba de ahogar en una tempestad de agua y lodo a toda la especie humana para volver a empezar de nuevo, sino de dar un ejemplo, véanse en ese espejo, estas dos ciudades ruines fueron escogidas al azar para ser borradas de la faz de la tierra, fíjense bien lo que les espera si siguen ese camino torcido por el que van tan alegremente aporreando en los árboles de las veras los frutos del pecado, que están siempre maduros, y comiéndoselos sin recato. Pero el tuerto que vomita pichones, y aquí empiezan sus dificultades, no creía que aquel castigo selectivo fuera capaz de asustar a la gente y hacerla cambiar de conducta, y así en adelante todos se volverían hacendosos y sobrios, purificados de todo libertinaje, ciudades sin prostíbulos ni cantinas ni casas de juego ni expendedores callejeros de polvos y elíxires alucinantes, adultos y adolescentes a levantarse y acostarse temprano, padres obligados e hijos disciplinados, esposas reacias al adulterio e hijas entregadas vírgenes el día de sus bodas, cópulas sanas y santas, no por vicio ni sevicia sino limitadas a los fines del matrimonio que son la procreación y el mutuo auxilio; y, sobre todo, nada de apareamientos viciosos entre hombres o entre mujeres.

El tuerto de los pichones había estudiado muy bien el caso, tomó abundantes notas, y se hallaba convencido de que aquellos desgraciados no tenían remedio alguno por lo mismo de su mala levadura, pues el hombre cuando nace viene con pecado, y apenas se olvidaran del escarmiento, la noria volvería a girar como antes. Si es que, además, las noticias del severo castigo llegaban a oídos de los infractores en su debida sustancia a través del ancho mundo, lo cual ponía en duda.

Y tiene toda la razón. Los historiadores en los mercados y en las plazas solían adornar y trastocar esas noticias, destinadas a ser ejemplares, hasta deformarlas y anular sus efectos, dándoles la apariencia de verdaderas mentiras, o trasponían los sucesos llevándolos a tiempos tan lejanos como para que alguien fuera capaz de sacar lecciones o asustarse. Y quienes iban y venían con ellas, los viajeros de las caravanas, no hacían sino agravar la situación, pues no existían gentes más falsarias y a la vez más incrédulas que ellos, ya se ha contado cómo oyó Sara en aquellas remotidades del reino de Abimelec la manera en que se referían a la vida libertina de Sodoma y Gomorra, tal si todavía aquellas ciudades existieran; y con cuántas y variadas distorsiones contó a las criadas el aguador de camellos el suceso de su destrucción, también al alcance del oído de Sara. Hizo el tuerto este alegato al rendir su informe de campo pero no fue escuchado, y en adelante silenció sus opiniones, mas no las cambió.

El tuerto es alguien que tiene acceso a la cocina de los más delicados decretos supremos del Mago, y ahora vemos que en lugar de cuadrarse y obedecer, se introduce de manera subrepticia en el aposento de Sara a fin de incitarla a partir de inmediato en pos de Abraham, a punto ya de terminar sus preparativos para encaminarse a cumplir el mandato que debe ejecutar en Moriah, y torcer así el curso de los hechos, tal como ha sido ordenado que deben ocurrir.

Hablando en pasta, el tuerto de los pichones ha hecho lo que no le han mandado, ocultándose de su superior, y al inducirla a que interfiera en los planes trazados y los frustre, ha entrado en una conspiración en toda regla. No se la puede llamar de otro modo; y esos manejos ocultos y desobediencias, lo que esconden, en el fondo, es su sed de poder no saciada, tuerto y desarrapado y todo lo que quieran. Un día vendrá por fin la rebelión, pues no es lo mismo estar cerca del trono que sentado en él. Y cuando al rebelde no lo acompaña la fortuna, sino la adversidad, y sus planes son develados gracias a la eficacia de los aparatos de contrainteligencia, sólo le esperan la caída en desgracia y el exilio. Porque el tuerto cayó, y de la manera más aparatosa. Si aquello de su caída sucedió antes o después de su visita al aposento de Sara, ¿qué importancia tiene?, ya he dicho que el tiempo en esas esferas se mide de forma distinta, o no se mide del todo.

Pero, ¿no es el tuerto de los pichones una parte del Mago junto con los otros tres lugartenientes, de cuya lealtad, eso sí, nadie puede hasta hoy desconfiar? ¿Puede el Mago rebelarse contra sí mismo, o disentir dentro de sí mismo, hasta dejar que una parte suya ejecute acciones contrarias a su propia voluntad? Como ésta es una novela y no un tratado de teología, mejor me abstengo de buscar cómo dilucidarlo, y de seguir invocando en mi auxilio a Ireneo, Basilio, Jerónimo, Agustín y demás doctores y concilios; aunque, de todas maneras, ya buscará aclararlo Sara cuando, por fin, muy al final, hable a sus anchas con el Mago.

Y ahora, sin más dilaciones, hay que seguirla. Sale al descampado, se cubre la cabeza, y empieza a andar a paso firme dejando atrás la tienda, guiada por la pequeña polvareda que alza la cabalgadura de Abraham, quien lleva a su hijo no por delante sino en ancas, pues ha obedecido hasta en eso, los dos sirvientes fornidos a pie, como también ha sido mandado, uno de ellos con el haz de leña al lomo. Avanza Sara, y no puede oír otra cosa dentro de su cabeza que el quejido agudo de aquel cuchillo de hoja curva repasado en la piedra de afilar mientras se amarraba las sandalias de resistentes suelas de vaqueta de buey.

Un viaje calamitoso para ella, sofocada bajo la lumbre candente del sol, los ojos enrojecidos por el polvo, las piernas agarrotadas y doloridos los pies, temerosa de las fieras cuando se echa de noche en el suelo temblando de frío, mientras adivina de lejos el resplandor de la fogata alrededor de la que se calientan los otros, sin nada que comer ni que beber porque en su premura no hizo provisión alguna para el viaje, de modo que si alguna vez se lleva algo a la boca son hojas y hierbas, a veces amargas, y la sed la sacia en las charcas, nada de que el tuerto de los pichones le colocara en medio páramo un manzano cargado de frutos jugosos ni un pozo de agua fresca con un cuenco limpio puesto sobre el brocal.

Al tercer día llegaron cerca del monte de arena rojiza, despoblado de árboles, donde sólo crecían matorrales. Sara vio de lejos que Abraham detenía la marcha, se bajaba de la acémila, hacía que Isaac

desmontara también, y le cargaba a las espaldas el
haz de leña quitado al sirviente, para luego alejarse
ambos cuesta arriba, perdiéndose entre los breñales. Ella no podía dejarse ver por los sirvientes pero
tampoco tenía tiempo que perder, así que buscó
subir al monte por un atajo que no tardó en encontrar y llegó hasta la cima donde se quedó oculta en la maleza, vamos a juntar piedras para levantar el altar, de modo que recoge las medianas que
yo cargaré las más grandes, oía decir a Abraham, yo
puedo también con las grandes, padre, oía decir a
Isaac, y a pocos pasos de ellos, sin atreverse a asomarse, oía cómo iban colocando las piedras hasta
formar el túmulo, es suficiente, oyó decir a Abraham,
ahora acerca la leña y ponla arriba del altar, y oyó cómo Isaac iba colocando las rajas de leña como le
habían mandado.

Padre, dijo Isaac. Sí, hijo mío, te escucho, respondió Abraham. ¿Había algún temblor en la voz
de su marido que indicara vacilación? Desde su escondite Sara no percibía temblor alguno. Tienes el
fuego para el sacrificio, tienes en tu mano el cuchillo
para herir de muerte al cordero, pero, ¿dónde está el
cordero que no lo veo por ninguna parte? Entonces
Sara oyó suspirar profundamente a Abraham y se
llenó de esperanzas, ese suspiro podía indicar que su
voluntad se estaba quebrando, pero no fue así: tendremos el cordero para el holocausto, respondió,
quita esa preocupación de tu cabeza, y ahora acués-
tate en el suelo y no preguntes por qué ni para qué,
pues yo soy tu padre y me debes obediencia.

Ya el muchacho tendido, tal como le fue mandado, Abraham se puso de rodillas para atarlo de

los pies, y luego lo ató de las manos, ya Sara lo estaba viendo todo por entre las hojas de los matorrales, eran correas de las que servían para uncir los bueyes al yugo de las carretas. Isaac lo que hacía era reírse tomándolo todo por un juego, ¿por qué me atas de pies y manos, padre? Y Abraham ya no le dijo más, lo levantó amorosamente, y así cargado lo puso encima de la leña en el altar sin que el hijo alcanzara a comprender todavía el sentido del juego, mientras tanto Sara, agazapada en cuatro patas, como una pantera dispuesta a dar el salto, vio al marido sacar el cuchillo que llevaba sujeto al cordón de la túnica y elevarlo frente a sus ojos para comprobar su filo a los destellos del sol, padre, ¿qué haces?, se reía Isaac, como si alguien le hiciera cosquillas en los ijares.

Y cuando Abraham, empuñando firmemente el cuchillo buscaba con los dedos de la otra mano el lugar preciso en la garganta del muchacho donde iba a dar el golpe, ella saltó de su escondite y detuvo el puño que trazaba en el aire su arco mortífero, cayó el cuchillo en tierra en el forcejeo, y tras el cuchillo cayó Abraham de nalgas y allí se quedó, aturdido, sin acertar a reaccionar, mientras ella, decidida, libraba a Isaac de sus ataduras, lo ayudaba a bajar del túmulo, y ya en pie lo abrazaba estrechamente por la espalda y acercaba su cabeza a la mejilla del muchacho.

Está bien, Abraham, ya basta, se oyó clamar una voz, pero aquella voz resonante sólo llegaba, como siempre, a los oídos de Abraham. Lo que Sara, y lo que Isaac, protegido por ella, escucharon, fue un trueno solitario en las alturas del cielo luminoso que no parecía presagiar ninguna lluvia; de modo que Isaac, ya suficientemente extrañado por todo lo que hasta entonces había ocurrido, no acertaba a entender por qué su padre, puesto de rodillas, las manos en el suelo y la cabeza humillada, hablaba solo: mi señor, vine a cumplir lo que mandaste con toda la voluntad de mi corazón, y girando un tanto la cabeza miró de reojo a la esposa, una mirada que ella devolvió con desafío, los ojos nublados por las lágrimas que no cesaban de correr por sus mejillas, había empezado a llorar de dicha y ahora lloraba de rabia mientras estrechaba aún más al hijo entre sus brazos, está bien, hombre desalmado y pusilánime, dile que es mía toda la culpa, acúsame ante él todo lo que quieras, no le tengo ningún miedo. Otro trueno en lo alto la calló. No te distraigas en quejas ni reclamos, Abraham, y pon oído a lo que debo decirte, y es que ya sé que me temes por cuanto no rehusaste hacer lo que te pedí, pues siendo Isaac tu único hijo no vacilaste en sacrificarlo en mi nombre y eso habla muy bien de ti, me has dado prueba de tu obediencia y ahora tienes toda mi confianza y yo tengo la tuya, de modo que en adelante seremos como uña y carne. Y Abraham supo que era lo último que la voz diría esa vez, pues ahora se escuchó otro trueno lejano, ahora hacia el lado del desierto, y Sara también supo que el Mago se había ido.

Mira, padre, dijo entonces Isaac, apartándose de los brazos de Sara, un carnero, ya tenemos un carnero para el sacrificio. Y Abraham volvió los ojos hacia donde el hijo señalaba, y era cierto, un hermoso carnero de tres años se hallaba prendido de los cuernos entre unas zarzas; pero ya Sara había visto antes, entre la bruma de sus lágrimas, cómo el que vomitaba pichones se acercaba entre los matorrales trayendo al carnero agarrado del cogote para trabarlo entre las zarzas, le sonreía con aire cómplice, y se llevaba un dedo a los labios pidiéndole silencio. Es verdad, dijo Abraham, no es un cordero como te había prometido, pero un carnero sirve lo mismo.

Ese carnero lo trabó de los cuernos entre las zarzas el tuerto de los pichones, dijo Sara, sonriente, secándose las lágrimas. Lo que ahora quería con todo su corazón, una vez a salvo su hijo, era reconciliarse con el marido, pues una gran paz había descendido sobre ella. ¿De qué tuerto me estás hablando?, preguntó Abraham, ¿desvarías acaso? El que no usa túnica de seda sino una de tela muy basta, el que se sacaba pichones de la boca en la plaza de Baal para venderlos luego por parejas, el que encontramos camino de Egipto y luego de vuelta. No recuerdo a nadie de esa traza y oficio, y a nadie más he visto por aquí, ¿y tú, hijo, has visto a alguien?, dijo Abraham, y puso la mano en el hombro de Isaac. No, padre, nadie ha estado aquí, respondió el muchacho. El cuarto emisario, insistió Sara, uno de los que se presentaron hace tres días en la tienda para indicarte que vinieras hasta aquí. El sol del camino y el desvelo de las noches te hacen entrar en desatinos, dijo Abraham.

Entonces, la paz que la cubría se alejó de ella, y de nuevo sintió que sus ojos se llenaban de lágrimas de furia. Eres tú el que desatina, dijo, este juego ya ha pasado de castaño oscuro, eres su juguete y no quieres reconocerlo porque tienes la peor de las cegueras, que es la del que no quiere ver. Abraham la miró muy despacio. Me has desobedecido al seguirme hasta aquí, pero ya te lo he perdonado, dijo, así que no me provoques con impertinencias. Nunca me lo prohibiste, alzó la voz Sara, pero aunque así hubiera sido jamás te habría hecho caso. Es lo mismo que si te lo hubiese prohibido, dijo Abraham, una mujer no sale de su casa sin permiso del marido. Ya he salido otras veces sin que te dieras cuenta, pensó Sara, siempre detrás de tus pasos para salvar a quien debe ser salvado, y en este caso con mucha más razón, tratándose de mi único hijo, porque pretendías dejarme huérfana de él, muy consciente de tu parte de que nunca volvería a concebir otro; pero lo que dijo fue: si no llego hasta aquí por mis propios pasos, nadie habría detenido tu mano.

No hables delante del muchacho lo que no debe oír, se apresuró a decir Abraham. Ella se rio con risa llena de desprecio, el graznido despectivo que él bien conocía. Mira quién habla, pensó Sara, él, que iba a meterle el cuchillo en la garganta; pero lo que dijo fue: ahora me vas a salir con que el Mago lo que quería era ponerte a prueba, a ver si eras capaz de cumplir sus órdenes, por disparatadas que sean. Es lo que creo, que ha sido una prueba, y que quien detuvo mi mano fue verdaderamente él, y tú nada más serviste como su instrumento. Me da risa eso, para qué habría de ponerte a prueba si ya sabe de sobra que eres su fiel sirviente. Lo soy, dijo Abraham, soy su siervo. Qué bueno que lo reconoces, dijo Sara. Él detiene al sol en el cielo cuando quiere, y detiene cualquier mano también cuando quiere, usando a otros para ese fin, dijo Abraham, buscando un lenguaje que el muchacho no entendiera, de modo que quien se vanaglorie de que sus acciones no son mandadas por él, fruto de su voluntad, está engañado. Engañado está quien piensa que lo toman en serio cuando no lo usan sino para divertirse con bromas macabras a sus costillas, dijo Sara. Mejor te callas porque las palabras necias de mujer siempre salen sobrando, dijo Abraham, mientras amarraba de las patas al carnero con las mismas correas que había usado para atar a su hijo.

Pero nadie iba a apaciguar la lengua de Sara ahora que se movía suelta dentro de su boca como un látigo: seguro te volvió a repetir otra vez lo mismo sobre tu descendencia, ni siquiera imaginación tiene para sus promesas, porque siempre sale con eso de las arenas del mar y las estrellas del cielo, sólo que unas veces esa descendencia va a vivir por siglos en cautiverio, y otras va a doblegar la cerviz de sus enemigos, quién lo entiende. Pero mientras Sara seguía perorando él ya no dijo nada más. No dijo: nada de eso, me ha declarado que la alianza entre él y yo es indestructible, que gozo de su confianza, que ahora seremos uña y carne; y llamó a su lado a su hijo y le entregó el cuchillo: te toca a ti derramar la sangre del carnero, hazlo con mano diestra, como me has visto a mí hacerlo otras veces.

Isaac tomó el cuchillo, miró a la madre con ojos asustados e inquietos, y luego miró al animal, que a su vez lo miraba con ojos no menos asustados e inquietos, respirando hondo bajo la pelambre, una respiración casi convulsa, y entonces el mu-

chacho, sin vacilar más, buscó con los dedos la ar-
teria que palpitaba en el cuello del animal, clavó
la hoja con toda su energía, y la sangre que brotaba
incontenible de la herida le mojó las manos y los
brazos. El carnero dejó de revolver los ojos y su respiración terminó por aquietarse. El viento que soplaba desde abajo enredándose en los matorrales
empezó a agitar con indiferencia su pelambre, y una
mosca azul de reflejos verdes vino a posarse en sus
narices.

Veinte

En lo que hace a Sara esta historia se va aca-
bando. Vivió hasta la edad de ciento veintisiete años,
según se afirma, y merecería creerlo si no fuera por
los argumentos suficientemente razonados que ya
he ofrecido, y porque, además, semejante longe-
vidad trastorna las cuentas en cuanto al término
de vida de los suyos. Por ejemplo, su hijo Isaac ya sería octogenario para cuando Abraham mandó a un
viejo criado de toda su confianza a buscarle esposa
entre los de su propia parentela, y apareció entonces Rebeca delante de los ojos del criado; descendía
ella a una fuente a llenar su cántaro cuando la vio,
otra octogenaria, sólo que de aspecto muy hermoso, a la que varón no había conocido. De seguir así,
volveríamos a perdernos en los vericuetos de las viejas incongruencias.

Se cuenta también que cercana ya la muerte
de Sara, Isaac entregó a Rebeca a cambio de riquezas declarándola su hermana, algo insólito porque ambos serían ya casi centenarios. Creo, pues, que mejor conviene dar a Sara un número más modesto de
años sobre esta tierra, para que todo entre en un orden razonable, y entonces veamos a Isaac en edad
apropiada de repetir las andanzas de su padre en
cuanto al truco de engañar a otro en el afán de ven-
derle a su propia mujer, algo que según se ve es una

inveterada costumbre de familia. Semejante reinci-
dencia no debe haberle traído a Sara buenos recuerdos, sobre todo si tomamos en cuenta que a
quien su hijo entregaba a Rebeca era al mismo rey
Abimelec, donde otra vez se enredan las cuentas,
a menos que se trate de otro Abimelec, sucesor del
trono, que bien puede ocurrir, una dinastía donde
se repiten los nombres y las braguetas abiertas.

O quién sabe. Pese a las humillaciones de
aquel jaez sufridas por partida doble, una vez en-
tregada al Faraón, otra a Abimelec, no conocemos
de verdad la reacción de Sara al enterarse de que
Rebeca sufría su misma suerte; o sea, si condenó el
atropello, o más bien culpó a la nuera por no guardar el recato, hay madres que olvidando sus propias
amargas experiencias corren a amparar los desmanes de sus hijos bajo la regla de que todo les con-
sienten, y cogen ojeriza a la nuera declarándole
enemistad desde el día en que, aún sin despojar-
se del vestido nupcial, traspone la puerta de la casa
de los suegros donde vivirá por un tiempo mientras
el marido logra sentar cabeza, y empiezan allí los litigios sin tregua ni posible composición.

También se relata que tras la muerte de Sara,
Abraham, que habría vivido ciento setenta y cinco
años, casi medio siglo más que ella, volvió a casarse
con una tal Cetura, con quien procreó seis hijos, y
se hizo de varias concubinas, con las que también
procreó otros muchos; asunto de admirarse de venir a ser cierto, pues resultaría que mientras la descendencia de Cetura y la de esas concubinas probó
ser numerosa, la condena de esterilidad que pesaba sobre Sara fue levantada una sola vez a lo largo

de su vida, con lo que ya podemos sacar lo caro que puede resultar a veces reírse, aunque sea de manera espontánea, a causa de la incredulidad.

Cómo sería esa Cetura, no se sabe, ni de dónde la sacó Abraham, de qué tierra vino, ni su edad, aunque una jovencita es poco probable, y más bien pienso en una matrona capaz de entenderse con los tejes y manejes de la casa como mayordoma o ama de llaves, es lo que mi padre necesita ya que insiste en tomar otra vez esposa, diría Isaac, una mujer de músculos fuertes y dotada de habilidades prácticas para hacer frente a las perentorias necesidades de un anciano al que hay que cargar para sacarlo a tomar el sol, limpiarlo cuando se defeca en la cama, lavar y asolear en el tendedero las mantas cuando se orina, llevarle la cucharada de papilla a la boca, y en fin, paciencia y temple para soportar todas esas ruindades de la edad, que, tal si la incontinencia fuese poco, no excluyen las manías ni los ataques de ira ante cualquier nadería.

Pero si en esto estamos no puede descartarse nada, y quién quita Cetura, lejos de la enfermera esforzada que quiere Isaac, no fuera esa jovencita de provocadores atractivos que cuando entreabre las cobijas y se asoma por allí abajo, donde antes hubo alborozo y altanería no encuentra entre el matojo de vellos muertos más que plácida y recogida flaccidez. Es en este sentido contemplativo que debe tomarse en cuenta la posibilidad de Cetura encarnada en una jovencita, pues sé que hubo reyes por allí cerca, tiempo después, que ya impotentes por la sobrada edad alcanzada se consolaban con meter en el lecho a alguna doncella de quince años sólo para que los calentara del frío de la vejez pues no les eran suficientes las pieles de oveja, un frío que es el peor, porque se parece ya al del sepulcro.

Todo iría muy bien hasta aquí, especulaciones de más, especulaciones de menos, si no se interpone eso de la prole numerosa endosada a Abraham, habida tanto con Cetura como con sus concubinas, lo que vendría a indicarnos que se hallaba en plena posesión de sus energías cual un macho cabrío desaforado, y eso nos devuelve otra vez al reino de las exageraciones, que es donde vive a sus anchas la mentira. ¿Eliminamos a las concubinas núbiles y dejamos al menos a Cetura la matrona a su lado, a la que quién quita y pudo a lo mejor preñar, pues ya se sabe que el peor esfuerzo es el que no se hace? De acuerdo, y asignémosles un hijo, o al menos dos, y quedemos conformes, sin meternos a averiguar si por causa de la extrema edad del padre, nacieron débiles de mente o de cuerpo, y en consecuencia se quedaron idiotas, lunáticos o locos de amarrar, y tullidos, jorobados, maltrechos o disminuidos de estatura.

De muchachitas insaciables a mí mejor no me hablen que podrían llegar a ser mi muerte, diría Abraham con justa razón, pues a esta edad el cuerpo de la mujer no conoce la fatiga y a la mía la intemperancia es mala enemiga, y ninguna de ellas soportaría siquiera la peste a viejo que uno despide, pues, la verdad, ni yo mismo me soporto, basta olerme la túnica por los sobacos, aunque peor Cetura que huele a perol viejo, por lejos que esté se me viene ese vaho agrio de su entrepierna como de leche hace tiempo derramada, y cabe agregar que la vejez no es más que un tufo y la juventud una fragancia, el aliento, la piel, el sudor, huelen entonces tan bien, los orines dorados parecen el chorro de una fuente, Agar se iba a orinar al descampado por las noches, yo la seguía, y cuando se sentaba en cuclillas mi capricho era meter la mano debajo de sus nalgas para sentir el surtidor que se derramaba abundante entre mis dedos, en tanto el suyo, ya de vuelta en el lecho, era derramar vino en su pubis para que yo lo sorbiera, y allí donde entraba mi lengua olía tan bien que el artificio de los perfumes estorbaba en la nariz, en cambio en qué se convierte el cuerpo al cabo de la edad sino en una bolsa de flatulencias, eructos descompuestos y humores malsanos, y el semen en el hilo aguado y débil de una fuente que se agota.

Dejo a Abraham entonando la letanía de sus amargas verdades, y retomo el hilo del relato que va llegando ya a su cabo. Desde hacía años había llevado él sus tiendas hasta el fértil valle de Hebrón, en la tierra de Canaán, y, como nunca antes, era hombre de sólida fortuna, un rico hacendado de vastas tierras y numerosos ganados. Sara, a quien la ociosidad disgustaba tanto en las duras como en las maduras, manejaba personalmente el inventario de debes y haberes, pues se le daban muy bien los asuntos de contabilidad.

Además de ventas de ganado al contado y al crédito, asentaba en sus libros trasquilas, montas, pariciones, y castraciones de toros para servir como bueyes de labranza; llevaba cuenta de los decesos de las bestias por muerte natural o accidente, por matanza para provecho de su carne y de su cuero, o por inútiles o viejas, lo mismo que registraba aquellos destinados a los holocaustos, que eran siempre del agrado del Mago, y ella los consentía ahora sin reproches, si es la voluntad de Abraham y así está contento, pues ni modo.

Si criaba o no cerdos Abraham, puede parecer un asunto enojoso de dilucidar, pero en aras de la veracidad hay que decir que sí, cuando terminó su vida errante y se asentó en Hebrón también criaba cerdos, engordados con afrecho de cebada, heces de vid y bellotas de encina. Los criaba y vendía pero no los comían ni él ni los suyos, dejo esto claro, porque una vez, en uno de sus coloquios, el Mago lo aconsejó al efecto: te lo digo como amigo, mira bien que son animales revoltosos y agresivos, capaces de morderte el calcañal sin previo aviso, y además detestables por su inmundicia, la puerca recién lavada vuelve siempre a revolcarse en el cieno, e igual que el perro come su vómito ellos comen sus heces, y si te fijas bien, tienen la pezuña hendida igual que los camellos, ¿comerías acaso del camello?; véndelos al mejor precio que logres, pero abstente tú y los tuyos de probar su carne, sus vísceras, su sangre y su tocino, por muy sabrosos que parezcan, que no todo lo que brilla en la sartén es oro en mi ley.

Eran tiempos de sosiego, y el Mago parecía morar con ellos como un pariente que anda por ahí desocupado, buscando plática, y sus conversaciones con Abraham, además de frecuentes, parecían de naturaleza ociosa, pues se le oía reír, allí de rodillas, o en sus sueños, como si entre ellos se gastaran bromas inocentes, y solía darle recomendaciones sobre asuntos de agricultura y ganadería mayor y menor, como ya se vio con la cuestión de los cerdos; le indicaba cuándo debía sembrar la alfalfa y el sésamo y comenzar la vendimia, la manera de preservar la alubia para que germinara mejor, si iba a llover o a granizar lo prevenía a tiempo, y a veces atemperaba las sequías; nada de órdenes arbitrarias ni de darle sustos con aquello de coge el cuchillo y ya sabes lo que tienes que hacer con el pescuezo de tu hijo.

Un amanecer en que se alzaba desde el desierto una tormenta de arena oscureciendo el cielo como si la noche no fuera a tener fin, Sara, perezosa en levantarse, se había quedado en el lecho rumiando viejos pensamientos mientras oía cómo se cimbraban los parales de la tienda y las ráfagas golpeaban el techo, y, más arriba, los graznidos espantados de los grajos y los gavilanes empujados en remolinos rumbo al mar por el mismo viento insolentado que arrastraba la arena.

Abraham había salido cuando aún no amanecía, acompañado del mayoral y unos cuantos criados, en busca de una manada de ovejas extraviada desde el día anterior, y a estas horas debían hallarse refugiados en alguna cueva capeando la borrasca. De manera que sola, boca arriba en la estera, pensaba en Edith. ¿Cuánto tiempo hacía desde aquella vez que los mancebos habían aparecido con el aviso de su preñez, que ella creyó mentiroso, y con el otro aviso de la destrucción de Sodoma y Gomorra? No podía acordarse, pero eran muchos años, tanto que su viaje por la llanura salitrosa montada en la acémila, ansiosa de llegar a las puertas de Sodoma antes del crepúsculo, le parecía ahora un sueño a retazos, o al menos un falso recuerdo, lo mismo que la imagen de sus padres leprosos huyendo de las pedradas en las calles de Ur, algo que oyó contar a los otros sirvientes de la casa de Taré pero nunca vio. Tampoco sabía si era cierto o no lo que pasaba en su cabeza respecto a la larga cabellera de Edith. ¿Había terminado rapándosela por deseo del pintor de burdeles que quería hacerla posar para él como una ramera, vestida con una túnica violeta que abierta por delante descubría sus senos? De todos modos, Edith se le perdía en la bruma de la tormenta de arena, como un grajo o un gavilán al que el viento aventara en espirales, cada vez más lejos.

Y pensaba también en Agar. La había visto alejarse llevando de la mano a Ismael, y nunca más supo de su paradero. A lo mejor, llegados a una ciudad desconocida, como nadie sabía de su condición de esclava, con el tiempo habría encontrado un buen marido, algún cambista o algún orfebre que aceptó a Ismael como hijo propio y el muchacho heredaría el puesto de cambio, o el taller de orfebrería. O quién quita habrían muerto de sed, o perecido en las garras de alguna fiera, todo podía ser. El remordimiento le sobrevenía a veces, cuando menos lo esperaba, como una cosquilla incómoda en el plexo solar, pero tampoco es que le quitara el sueño, se trataba de mí o de ella, juntas no podíamos vivir al lado de Abraham, ni aquel bastardo podía disputar la primacía de Isaac, y si no, ahora serían mis huesos y los de mi hijo los que blanquearían en algún pedregal. ¿Y sus burlas soliviantando a la servidumbre en contra de su ama y señora, sus chifletas, su desprecio, la vez que escupió en el cuenco de leche que iba a servirme, algo que supe porque una criada fiel cambió el cuenco y vino a contármelo?, sus deseos proclamados entre una algarabía de risas que estallaban desde la cocina de que Isaac cayera un día de un encino y quedara cojo, o idiota a causa de la patada de un buey en la cabeza, qué mujer podía soportar aquel acoso de una esclava, haberle puesto Sapo por apodo al niño, lo cual era causa también de diversión, y si Ismael había arrastrado a Isaac hasta un hormiguero era porque Agar lo había mandado, no le cabían dudas.

De pronto, mientras el viento soplaba afuera con más furia, y parecía alzar la tienda, como una barca sobre la cresta de una ola, sintió un olor a excremento de pichones, y una mano áspera que se posaba en su frente. Eres tú, dijo sonriente, sin abrir los ojos. El tuerto no respondió, pero repasó amorosamente su frente con la mano. Gracias, dijo Sara, me hiciste un favor que no olvidaré. Sólo procuré enseñarte el camino que debías elegir, si esa vez te hubieras quedado aquí acostada, lamentándote, las cosas pudieron haber ocurrido de manera diferente. Para mi mal, dijo Sara. Para tu mal, asintió él. Eres el único de entre todos ustedes que se ha dignado hablarme. No exageres, alguna palabra te fue dirigida alguna vez. Sí, para regañarme porque me reí. Ya no será así, he venido a anunciarte que recibirás una visita. ¿Cuándo? Ahora mismo. ¿En media tormenta? Cuando es su voluntad venir, viene, dijo el tuerto. ¿Vendrán los pastores o los mancebos?, preguntó Sara. Da igual, pastores, mancebos, beduinos, mendigos, se rio el hechicero por lo bajo, pero no serán ellos esta vez, sino que te hablará él, como siempre ha hablado a Abraham. ¿El Mago me hablará?, preguntó Sara, e hizo el esfuerzo de incorporarse, pero la mano la retuvo. Como tú quieras llamarle, respondió el tuerto. De modo que por fin, suspiró Sara. Por fin, asintió el hechicero. Esta vez espero que no se ande por las ramas, dijo Sara volviendo a suspirar. Como respuesta, la mano repasó otra vez su frente. Esa visita significa que voy a morir, abrió los ojos Sara. Entonces vio que estaba sola en la tienda que ahora parecía elevarse volando por los aires.

No tardó en percibir una voz por encima del fragor de la tormenta. Oyó que la llamaban, a lo que ella se sobresaltó: ¿qué me quiere, mi señor? Heme aquí, Sara. Al fin te has dignado venir, pero más vale tarde que nunca. Sara, Sara, cuándo te vas a componer, empiezas siempre con el mal impulso en la boca. Ella esperaba escuchar a un anciano gruñón que tosería con el pecho lleno de flema, pero era en cambio la voz melodiosa de un niño que tendría quizás ocho años, a lo más diez, seguramente el mismo Niño que había ordenado a Abraham salir de su tierra hacia Canaán, y el que había aparecido delante de Agar en medio del desierto para obligarla a regresar con su ama la primera vez que ella la había hecho expulsar de la tienda.

La verdad es que has tardado, dijo Sara, la voz llena de reproche. Cada cosa a su tiempo, dijo el Niño. A ti te sobra el tiempo y lo repartes como mejor quieres, dijo Sara. El Niño calló. ¿Cómo explicarle eso de que el tiempo no era sino una infinita nebulosa de acontecimientos contemporáneos entre sí, girando de manera perpetua? Un día alguien iba a escribir, lo estaba escribiendo ahora mismo:

tiempo dónde estamos tú y yo, yo que vivo en ti y tú que no existes. Ya se ve que en tu orden de las cosas primero estaba mi esclava Agar y por último yo, y por eso hasta ahora te presentas, reclamó Sara. Acabas de hablar conmigo hace un momento, respondió el Niño. Cuando viniste a anunciarme tu propia visita, dijo Sara, lo entiendo bien, para eso eres mago, y entre un mago y quien vomita pichones y luego los vende por parejas, tampoco es que haya mucha distancia. Aquella vez que te reíste, también estaba delante de ti, dijo el Niño. Me reí delante de los mancebos y eso te irritó. Ellos son yo, y yo soy ellos, dijo el Niño. Disfraces, dijo Sara, los magos gustan de los disfraces. Antes me incomodaba que me llamaras así, el Mago, pero ahora está bien, pasa; la verdad es que no tengo nombre, pero me caben todos los nombres. Un mago al que no le gusta la risa, dijo Sara. A veces reírse es de majaderos, no me canso de repetirlo, dijo el Niño. Mira qué gracia, pasarse la vida eternamente gruñendo, dijo Sara. Aquella vez te reíste por incrédula, pero mejor doblemos la hoja que no quiero que entre nosotros queden malos recuerdos. Eso quiere decir que tampoco deseas hablar de la vez que pretendías que un padre te sacrificara al hijo de su carne en el altar. Si no es por mi voluntad, no habrías ido hasta ese monte para apartar la mano de Abraham, en eso tu esposo tenía razón cuando te lo hizo ver. Ahora se pueden componer las cosas a tu mejor conveniencia, dijo Sara. No se mueve la hoja de un árbol si yo no la soplo con mi aliento, dijo el Niño. Por mis propios pasos fui tras Abraham, y con mi propia mano aparté el cuchillo de la garganta de mi hijo, déjame al menos eso, dijo Sara. Lo de entrometida no puedo quitártelo, dijo el Niño, en eso llevas razón, vaya si no fuiste a prevenir a Lot para que se pusiera en las puertas de Sodoma a mi espera. Yo quería salvar a Edith, dijo Sara, ¿se salvó? Nada más te puedo contestar acerca de eso, respondió el Niño.

No estaba allí, hablando desde lo alto, para enredarse en confidencias con Sara, lo que sólo traería reclamos de parte de ella, levantisca como era, qué lío se armaría si le contara acerca de la suerte de Edith, convertida en estatua de sal cuando volvió la cabeza hacia Sodoma creyendo que Eber quedaba allí atrapado; y más grave aún sería que llegara a enterarse de lo ocurrido entre Lot y sus dos hijas en la cueva. Soy un todo indisoluble, tendría que reconocer, en mí viven juntos tanto el bien como el mal. Y para qué darle tampoco noticias de Agar y de Ismael, mejor que ya no supiera que un día Ismael volvería delante de su padre como hijo de merecimiento, un caudillo fuerte en su mando, cabeza de ejércitos numerosos; no le gustaría mucho oírlo pues todavía respiraba por aquella vieja herida. ¿Y Agar, qué pasó con Agar y su hijo?, preguntó Sara. Bien, están bien, dentro de lo que se puede, se apresuró a responder el Niño, buscando cortar por lo sano.

Detrás se adivinaba un coro de voces y de risas infantiles, como de otros niños que disfrutaban de sus juegos en un prado. ¿Qué son esas voces y risas que se escuchan por allí?, preguntó Sara. No sé, niños que juegan, dijo el Niño. ¿Arriba, desde donde me hablas, es que juegan? Arriba, la verdad es que no hay nada, dijo el Niño tras meditar un rato, el cielo verdaderamente está vacío, todas esas estrellas del firmamento en realidad son falsas, murieron hace mucho tiempo aunque aún brillen, pero no voy a ponerme a explicarte el porqué, la eternidad es un asunto complicado, y si quieres creerme o no igual me da, por mi parte estoy algo cansado de todo esto. ¿Cansado de qué cosa? De la creación. No te creo, dijo Sara, que ese cielo tan hermoso sea falso. No es que sea falso, es que está muerto. Me has engañado tantas veces, dijo ella. Pero debes creerme, dijo el Niño. A veces no das motivos para tenerte confianza, dijo Sara. Nada ganas con mantener tus dudas acerca de lo que hago o no hago, o de lo que soy capaz de hacer o no hacer, si de todos modos tu tiempo terminó. Debo reconocer que algo sí cumpliste, que fue darme un hijo, aunque después quisieras quitármelo. No voy a comentar eso último, dijo el Niño, ya está explicado, y no quiero caer contigo en dimes y diretes. Discutir con alguien tan voluble, que muda de parecer como de camisa, es dar coces contra el aguijón, dijo Sara. A palabras necias, oídos sordos, dijo el Niño. Ya lo sé, dijo Sara, hay asuntos que te resultan embarazosos. No he venido a excusarme contigo, respondió el Niño. Eso también ya lo sé, ni espero algo semejante, dijo Sara. Gracias por entenderlo, dijo el Niño. Qué lástima, dijo Sara. ¿Lástima de que vas a morir?, preguntó el Niño. Lástima de que ya no te conoceré de verdad, pues aunque sé que en todos los casos eres tú mismo, vives escondido entre disfraces. No me escondo, me muestro, dijo el Niño.

Tengo sólo una pregunta más, dijo Sara. Te escucho, dijo el Niño. ¿De verdad eres real, o siempre has sido una mentira? No te entiendo, respondió el Niño. Una ilusión, un espejismo del desierto. Mira lo que se te ocurre, dijo el Niño, además de terca eres fantasiosa. Un espejismo que se pone solamente delante de dos personas, Abraham y yo, y somos nosotros dos los que te reflejamos delante de los demás. ¿Qué quieres decir con eso?, ¿que si no estuviera en la mente de ustedes dos no existiría? Más o menos, respondió Sara. Yo soy el que soy, dijo el Niño, en tono molesto. No tiene por qué molestarte, dijo Sara. La duda siempre ofende, dijo el Niño. Tampoco tienes por qué ofenderte cuando te digo que la mudanza es tu naturaleza, como es propio de los magos, ése es tu modo de ser, y yo no soy quién para aconsejarte cambia esto de ti, cambia lo otro. No soy un mago, soy un hacedor, dijo el Niño. Un hacedor de trucos, como los de las plazas, que engañan a quienes pagan por verlos, y por eso mismo es que son mentirosos, pues fingir como realidad lo que no es cierto es mentir. No necesito mentirte en este momento, dijo el Niño. Mi último momento, dijo Sara. El Niño guardó silencio. En adelante lo que habría es silencio.

Managua, marzo de 2012-enero de 2014/
Madrid, febrero de 2014

Índice

Sara, de Sergio Ramírez
se terminó de imprimir en abril de 2015
en los talleres de Litográfica Ingramex, S.A. de C.V.
Centeno 162-1, Col. Granjas Esmeralda,
C.P. 09810, México, D.F.

F
Ramírez, Sergio
Sara

DUE DATE **BRODART 07/15 19.95**